怎捨得不做摵時

游欣妮 著

怎捨得不做摵時
作者／游欣妮
責任編輯／卓希雪
美術設計／胡凱悅
出版發行／突破出版社
香港沙田亞公角山路 33 號突破青年村
電話：2632 0000　傳真：2632 0388
電郵：breakthrough@breakthrough.org.hk
網址：http://www.breakthrough.org.hk
http://www.btproduct.com
承印／陽光（彩美）印刷有限公司
2022 年 12 月初版 1 刷

I Still Want to Be A Teacher
by Yau Yan Ni
First Printing, First Edition, December 2022

Printed in Hong Kong
ISBN 978-988-8562-76-3

誠邀閣下就突破出版社的書籍發表意見

歡迎加入突破書籍 Facebook page — http://www.facebook.com/btbooks.page

本書採用環保油墨印刷

成長文學

目錄

摵時日常

序一　一星如月

2022年諾貝爾文學獎結果公佈後的第三天，全球爭相談論法國女作家Annie Ernaux，人人爭相向書店查詢訂購諾獎新貴的作品。這一天的下午，我選擇安安靜靜地在香港九龍半島窩打老道浸會大學東翼辦公室內細讀另一位女作家的《怎捨得不做摵時》。這份書稿的作者屢獲文學創作獎，又曾連續兩年獲選為「中學生最喜愛作家」，部分作品集更獲頒書獎。她的「摵時」系列自成一格深受讀者歡迎，而創作上兼擅散文、小說、新詩，尤為難得。

細讀《怎捨得不做摵時》，我忽然想起幾十年前的自己。上世紀八十年代我大專剛畢業就在中學教書，課餘也常寫些雜文或小說，題材亦多與教學生活、校園人事或師生感情相關。五年後我轉往浸會大學教書，雖說工作性質相同，但自2003年青少年小說《結拜大贏家》出版後，屬於那些年的回憶配額用盡，自此再也寫不出那些年的人事與情懷。

那些年的人和事，今天回想起來，竟異常遙遠，又異常珍貴。

酒罎乍破，餘香不散，碎片自主或不自主地迸散：有的留在此處，有的飛濺到他方。近年陸續有從事寫作的師友離港，正因如此，我特別珍惜仍留在此地努力寫作的某某某和某某某，當然又特別掛念遠在彼邦異地仍繼續寫作的某某某和某某某。他年，這一頁看似流散、破碎而又統一的香港文學史，未知該由誰下筆，更不知該如何下筆。相信朱少璋和游欣妮都不是撰寫文學史的人，但我們都有能力創作而且熱愛創作。沒有文學作品就沒有文學史，我們下筆寫一首詩一篇散文或者一部小說，取巧而言，都算得上是香港文學史的「間接書寫」。欣妮在後記中說《怎捨得不做摵時》是「新曲加精選」，我對這個唱片業術語有一定了解，因為在 2016 年出版的散文集《黑白丹青》裏我也曾用過。其實作品無論新舊，負責任的作者對輯入文集的每一篇作品都定必細加斟酌，嚴加挑選。「新曲」其實是指入選的新作，「精選」則是值得再刊的作品——都是作者的心血，更可能是香港文學史某章某節的典型例子，或某個文學史觀點的有效論據。

1996 年諾獎得主辛波斯卡（Szymborska）是欣妮推崇的作家，這位波蘭女詩人當年在受獎演辭中說，靈感總會造訪「自覺性選擇自己的職業並且用愛和想像力去經營工作」的人。我認識的這位「摵時」自大學畢業後即下定決心選擇從事教育和寫作，看她十多年來用心教導過的學生，以及出版一部又一部的文集詩集小說集，正是「自覺性選擇自己的職業並且用愛和想像力去經營工作」的最佳寫照——相信靈感會不時登門造訪。欣妮在創作上雖然不否定靈感但卻從不迷信靈感，曾在專訪中公開說「創作最重要的不是靈感，而是堅持」，我深有同感。事實上，靈感向來可待而不可恃；堅持，卻可以自主、可以由己。

堅持是意志力與毅力的表現，是不改變、不動搖、始終如一的意思。原來，人生最大的自由就是能夠堅持做某些事。

朱少璋

浸會大學．東樓

序

序二　《怎捨得不做摵時》——傳達愛心和正向思維

近讀胡燕青老師《這一盆清水——胡燕青日記》，赫然發現老師於2010年12月9日寫下這一番讀書感受：「讀完《我摵時很煩》（香港：突破，2010），游欣妮的愛心和正向思維，忍耐與活潑，溫柔與靈動讓我大受感動，欣妮是我的學生，如今她反過來教育了我。她讓我深信：即使在最壞的教育體制裏，最頑皮的孩子羣落中，我仍可以成為好老師，為那些失去自信的孩子帶來飽滿的希望。」胡老師寫得真好，讀畢欣妮老師的《怎捨得不做摵時》——「新曲加精選」，胡老師的話真是「於我心有戚戚焉」。

本書的「精選」，來自欣妮老師兩本初為人師的舊作——《我摵時很煩》和《我摵時心太軟》，「新曲」則是教育路上一直向前走的體會。欣妮老師的作品，是校園生活的真實體驗，且看她筆下豐富多采的學生羣像：懷烹飪繪畫運動等絕技者有之，誓死說謊欠交功課者有之，搗蛋失魂「寸嘴」者有之，深得哄老師心得法術者有之……真是「梗有一個喺左近」，同學讀後自當發出會心微笑。一個個同學寫得活生生的，讀後當知何謂從生活中取材，何謂人物描寫。面對多種多樣的同學，老師的心在想甚麼？怎樣因材施教？同學讀後當可對老師和老師的工作有較深入的理解，進而反思與老師的關係。欣妮老師的校園作品，經常獲得各種中學生好書獎項，可見學生讀者羣多，學生真是該讀。

學生該讀，教育同工實在也該讀。

欣妮老師坦然承認初出茅廬時，面對頑劣學生也會感到「恐懼」。她盡力使出「忍耐」的法寶，學生出言不遜，就處變不驚，不輕易動氣；學生拖欠功課，就鍥而不捨，周旋到底。法寶所蘊藏的其實是愛與溫柔，以情理兼備的言行讓學生感受得到。初出茅廬的老師該讀讀這本書，取取經，對學習「嚴而有愛」的教學態度相信總有啟發。

資深老師讀讀這本書，相信總可找到激勵自己的亮點。教齡長了，桃李滿門，沒有忘記初心，讀到欣妮老師說「怎捨得不做摵時」，當會有無限共鳴，引為知己。教齡長了，有時難免僵化固執，慣常以經驗老師的角度看待教學，容易忽略不同學生的學習需要，記得讀到欣妮老師主動出擊，邀請同學課後溫習，針對同學的特性，感化教化並行，鍥而不捨，資深如我實在感到汗顏，心想如果時光可以倒流，真的希望做得更好。見賢思齊，欣妮老師的教學熱情和點子或可激勵資深一輩，教學尚有很多其他可能。

校長、副校長等學校領導也該讀讀這本書嗎？我看是應該的。學校領導本來就應該以身作則多讀書。老師各有個性，各有所長，欣妮老師願意花時間和學生相處，當班主任則熱情經營班級，投入學生活動，享受其中；當圖書館主任則熱情推動閱讀，絞盡腦汁吸引學生借書讀書，盡力盡顯。其實每所學校都有欣妮老師，學校領導可會如伯樂相馬，把你的欣妮老師分配在適當的崗位，為他或她創造空間，不致銷磨熱情，埋沒人才嗎？

欣妮老師的作品，是少年人的課外讀物，也是教育同工的心靈雞湯。正如胡燕青老師說，欣妮老師傳達的是「愛心和正向思維」。以前讀 Haim G. Ginott《老師怎樣跟學生說話》、讀小思老師《路上談》、讀阿濃老師《新愛的教育》、讀胡燕青老師《十九歲的天空》等書籍，都深受觸動，獲得啟發，今天讀欣妮老師的作品，也獲益不淺。感謝欣妮老師邀請撰寫序言，所謂「三人行，必有我師焉」，深深期望教育同工從閱讀欣妮老師《怎捨得不做挩時》中得到正能量，一起把教學熱情的火把燒得更為旺盛。

鮑國鴻

序

代課時期

深信努力是會有回報的。

開學前的倒數

七月

在寫字樓裏對着電腦噼噼啪啪打字，電話忽然響起，從前的老師來電問我，可不可以在九月的時候回學校代課。我的第一個反應是：「唔好啦，我唔想誤人子弟呀！」老師叫我考慮一下，因為我所擔心的能力問題，她們都不以為慮，絕對相信我能勝任代課工作。老師提出的邀請嚇了我一跳，及後還表明對我無限信任，更是叫人受寵若驚。

「老師個個都信得過你，你有咩理由仲信唔過自己？」

車廂一直搖晃，這句話也在我的腦袋裏搖晃。我想，如果連自己都懷疑自己，還憑什麼讓別人相信我？所謂信心，別人都給我建立起那麼多了，我為什麼還要鍥而不捨地推翻別人，推翻自己呢？而且，要一輩子對着電腦，噼噼啪啪打字編寫教材，我又是否願意呢？當老師，是我小時眾多志願之一。如今機會來了，白白錯過，豈不冤枉可惜？

就這樣，當老師的念頭也在我的腦袋裏噼噼啪啪，像打字的指頭那樣跳躍了一夜。

與其浪費時間在是否接受任務的邊緣徘徊思索，倒不如下定決心，想想怎樣才能做得好。就這樣，我懷着惴惴不安和不踏實感，倒數九月開學的日子。

八月

一整個八月，都在過些什麼日子呢？白天上班，恰恰這個月的工作忙得不可開交，天天都是「趕頭趕命」地上班加班再下班，手提袋裏的消閒讀物，由一貫的詩集散文小說等變成歷史筆記和文學課本，陪伴我度過數不清次數的來回車程。

我仔細閱讀從學校帶回來的課本，也把從前唸書時的課本統統翻出來，片片單行紙攤在桌上，竟又回到做筆記的日子。一樣的閱讀材料，同一個動作，從前視之為溫習，如今必須更為審慎，因為現在是備課。炎炎夏夜，筆跡太重，責任太重，單行紙都無法起飛。

備課的時光未有使我感覺難過，多少個晚上，我總要依靠閱讀教學材料或是關於教學技巧的文章，才有一點踏實感。疲乏感一天一天累積，愈接近九月，不安穩的感覺益發擴大，擴大至，幾乎上班以外的所有時間，我都在幻想教學，虛擬教學。儲存信心的位置終日空蕩蕩，叫我難以安定下來。

某天，我決定把回家路上經過的草地足球場，當作預演上課的場地。因為下班的時候天已全黑了，附近的飯香也早就飄過來又散失。下班後還得花差不多兩小時由辦公的地方回到自己的住處，足球場已經關門，沒有人奔跑，沒有人踢球。我就在圍欄後的觀眾席上，倚仗街燈單薄的光，給漆黑的足球場介紹四大文明古國、講述鴉片戰爭，文學課本裏的〈武松打虎〉到〈種梨〉、齊桓公晉文公的故事、莊子的逍遙自在，自然也一一細說過。如果足球場有留心聽講，大概也不會忘了自己學過議論文和說明文。

九月

似遠還近的開學日，終於來到面前。在徬徨與不安中，還好有經驗豐富的老師讓我緊緊倚靠。帶着他們的鼓勵走進課室，面對一雙雙流露好奇的瞳孔介紹自己，顫抖的雙腿告訴我，由此刻開始，聽我講課的不再是安靜的足球場了。

苟存性命於亂世

有言治亂世，用重典，今天存於這動盪不安的局勢中，單靠懷柔政策，當真有幾乎站不住腳之勢。硬着頭皮堅持到下課鐘聲響起，踏出課室的一刻，四十多個學生的身影落在身後，卻同時帶着滿肚子的苦惱離開。課堂上發生的事縈繞心頭，一想到就頭痛。我想，今天且能苟存性命於亂世實屬萬幸，看來必須快快摸清這些「小霸王」的底，想個恩威並施的萬全之策方為正道。

第三次走進課室講課，這羣小霸王已經原形畢露，打從第一節課初次見面，我已做好心理準備，知道這班學生異常好動，絕對沒可能正襟危坐乖乖上課。至於要全班一起全神貫注聆聽，更是想都不用想。天曉得，原來霸王們的破壞力，遠遠超出我的想像。單單一個惡霸首領便足以把課堂秩序擾動得亂七八糟。尤其在一眾小霸王未有安定的心和專注的意志的時候，羣眾的情緒格外容易被煽動。

惡霸首領，我在心裏喚他「大嗜」，因為他是個長得壯健的大塊頭。大嗜竭力把握每分每秒向人作出大大小小的言語挑釁，意圖掀起騷動，有時是在同學之間出言挑撥，偶爾又籠絡同窗戰友發動起義，明目張膽作反，對老師視若無睹。這名惡霸首領的一舉一動都透視出他無非想破壞課堂秩序。不管是惹起同學之間的罵戰、衝突，或是騷擾老師直到其忍無可忍停止授課，甚至沒有人理會他的時候，他也要用盡方法自言自語、以小動作引人注意。說到底，只要課堂無法順利進行，他崇高而偉大的目的就達到了。

為什麼會這樣呢？才不過三天！三天而已，他們竟可由一羣活潑的猢猻變成一觸即發的民眾。

大嗜的終極任務，相信是要挑戰老師的底線，看看何時才會到達臨界點，甚至，超越底線，試圖擊敗老師以彰顯聲威。中二的學生，在青春期裏徜徉，熱愛挑戰規則原是尋常事。在他們眼中，老師明顯是手執規則這把尺子的一羣，自然是最該被挑戰的一羣。有些少年，甚至會在個人的世界裏把自己無限放大，抗拒服從，拒絕合作，體內充滿反叛因子的血液活躍地流動，終日以挑戰別人為樂。

藏在羣眾的血液裏的反叛因子蠢蠢欲動，一旦被喚醒，即時起鬨作亂。班上只要有一個大惡霸，已經令人頭痛，再加幾個中惡霸小惡霸，哪怕其他人滿懷良善，造反之事勢所難免。眼前人人情緒亢奮，我只有不斷壓抑他們持續高漲的情緒，但相隔不到十分鐘便要來一次嚴詞訓斥或是警告，實在教人頭昏腦脹。

一百零五分鐘的三連堂，叫人精神和心靈都筋疲力竭。遇上難教的學生，我感到氣餒。我不想只靠專屬老師的權力鎮壓這種反叛心，恐怕這樣只會令他們內心的憤恨滋長，時日一長，始終無法消解叛逆因子。該如何剛柔並濟，才能與這羣大中小霸王到達互相尊重、和平共處的境界？這難題叫我苦惱，心裏堆積起無法排遣的鬱悶。請教其他老師有何對策時，老師對我說：「記住，有問題唔係你自己一個嘅問題，係大家嘅問題，教員室六十幾個老師一齊撐你，幾難搞都對付到！」同儕的鼓勵，讓我在茫茫無助裏握住一點安穩。

我對自己說，他們不過是太活潑太好動，惡霸也有惡霸可愛的地方。從美好的一面看，至少他們反應熱烈，不愁他們像木頭人一樣冷酷無情。假以時日，只要找到有效的相處方法，事情就會好起來了，說不定還要感激他們的熱情奔放。才見了面三次，而且還有六十多位好伙伴同行，豈能因小小的考驗就萎靡不振？

在棄用重典而能治亂世之前，必須首先重新振作，不能輕易被打垮。

失眠旅行

跟這班中四理科生相處了才不過兩個課節，今天便要一起參加學校旅行了。昨晚輾轉反側，一夜無眠，心裏有份莫名的不安全感。眼前這羣活潑好動的小伙子，大概對我也沒多少認識吧，正如我感覺與他們如此陌生。

為了做好準備，我早已從相片集裏找出將會教授的學生的相片，一一複印以作溫習之用。憑相片冊裏一堆只有頭像的相片和名字，算是對他們有了最表面的認識，假使來個配對遊戲，要我「鑑貌辨名」，我想我應該也能答對八成，好歹能喚出幾隻小猴兒的名字。只是，單靠這微薄的認知，足以讓我應付旅行日嗎？我不知道。

心情複雜又奇怪，學生參與學校旅行，預備食物、籌劃遊戲，一舉手一投足，都是興奮雀躍的。但換成當老師帶隊參加學校旅行，一顆心即被龐大的憂慮籠罩，彷彿將要迎接巨大的災難。

說到底，不過是怕發生意外。到海邊旅行，原可好好享受的陽光與海灘必須統統拋諸腦後，只能時刻記掛着「嬉山莫嬉水」等至理名言。年輕人瘋狂玩樂起來，樂極忘形可不得了。雖說學校早已表明立場，不可讓學生涉水，只是，班主任和科任老師，即是我，二人合起來都不過得四條腿，如何敵得過八十四條腿呢？

思緒就這樣動盪了一夜，未見海岸，人已在厚厚的浪裏翻滾，吃力去穿越洶湧的波濤，卻彷彿始終抓不住救生圈。無數壞情況都假設過又想像過了，擔憂過後，天必須亮，我們必須去旅行。

懷着忐忑不安的心情，好不容易到了大浪灣。晴空萬里，所有雲都躲起來，太陽毒熱，救護站的顯示屏上38℃幾個字大剌剌地發光發熱，似乎要烤熟我們每一寸肌膚。真是難得的好天氣。

會不會有學生熬不住日曬中暑呢？我在心裏默想。

一直擔心的一大堆事情，終於還是發生了。才剛玩了不久，吹氣沙灘球竟飄到水裏，一位學生義不容辭踏上岸邊的石頭彎腰撿球去。球是撿回來了，可是，這學生的腳受傷了。

俗語說得對，一不離二。接二連三有好幾個學生在救護站裏進進出出，一會兒受腳傷，一會兒感覺中暑頭暈。雖然我陪伴在側未必能讓他們感覺好一點，但至少可以聊聊天，有需要時也可以幫上一點忙。於是，我們就長時間有三幾個人堆在救護站，眼睛盯着遠處，看粗糙的沙，看平靜的海，也看人。嘴裏有一搭沒一搭的隨意聊點什麼，我也正好對這班學生有多點認識了。

忽然，一位健碩魁梧的救生員問我誰是負責人，他想要跟負責人說幾句話。我跟他說，我們有兩個帶隊老師，我是其中之一，另一位在沙灘上。原來，救生員們一直以為我是學生，是「傷者」的同學，對於我一番表明身分的話，似乎都半信半疑。

「佢話佢係老師喎！佢話咋。」另一位體形更壯健的救生員指指我，笑着對救護站裏另外幾位救生員說。這分明是不信我是老師了，可能他們以為我不過是大羣淘氣的學生裏最「忝皮」最口出狂言的一個。

終於，我的學生也忍不住向他們證明我的身分。「唔係喎，佢真係我哋中文老師喎。」眾人均大表訝異。此情此景，一眾救生員再不願意相信都好，也不得不承認我是老師了。

「『摵時』，唔使咁傷心，我哋有時都當你係『摵時』嘅。」

雖然救生員一度懷疑我並非老師，但我並不感到難堪或尷尬，甚至很明白。面對不確定甚至難以置信的事，懷疑精神更應該存在。因為，連我都不覺得自己像老師。其實我內心也極害怕，為着如何給予學生安全感和信心而發愁。

想來，這位看上去最成熟年長的救生員先生應該是別人的父親吧。他大概無法想像，假使自己的孩子有一位看上去仍像學生的老師，孩子能否耐着性子聽課？要是他有這樣的想法，我絕對可以理解。另外幾位年青的救生員，也不諱言說：「我哋讀書嗰陣，從來都冇見過一個似阿妹嘅老師。」

「阿妹，使乜咁緊張吖，佢哋咁大個人唔通仲唔識照顧自己咩？話之佢哋，你同阿 Sir 開個爐燒下嘢食，由得啲細路自由發揮啦！佢『碌』落水咪等佢浸下囉，到時我哋會救㗎喇。」在我「巡邏」的時候，那位看起來也很年輕的救生員對我說。

「唔得㗎，大吉利是我邊有咁大個仔賠畀人呀？我死十次都唔夠呀。」

不得不說的是，幾位救生員都很友善，對我們實在「關照」，見我忙於集合學生點名的時候，甚至提出動用中央「大聲公」幫忙召集，謝謝他們幫上不少忙。

樂觀一點想，還好我看上去像個「細路女」，要不然救生員才不會格外關顧我的學生。

學校旅行的時間特別短暫，太陽未及西移，影子未被拉長，我們就拖着長長的意猶未盡離去。回程的旅遊車彷彿避過所有迂迴顛簸，同學在輕輕的搖晃裏沉沉睡去。車廂一片寧靜，我別過頭去再次點算一張張懶洋洋的面孔，他們都睡得如此安穩。

窗外風景隨車子移動轉換，我仔細察看經過的路，竟是那般陌生，陌生得使我甚至以為這並不是來時路。平靜下來，才發覺一直綳緊的情緒，已逐點散失在大浪灣，走在學生當中一起笑，並肩抬頭感受太陽炙熱的同時，為旅行而翻湧起的憂慮悄悄掉落沙裏，掉進浪裏，隨潮水的退去一併吞沒在大海裏，無聲無息。

把憂慮和掛心留在大浪灣，帶回一身因為曬傷而發紅發燙的皮膚留為紀念。觸手的溫度大概就如救護站的顯示屏上發光發熱的 38℃。

原是膽小鬼

學生總是在課上做與課堂無關的事。而這些學生當中，十居其九都以為自己瞞天過海的功夫了得，老師根本不會知道他們在書本下、書頁中、大腿上，或是抽屜裏作怪。

「到底係你當我懵，定係你自己傻呢？」我常這樣問他們。

其實，只要學生試試跟老師換個位置，站在講桌前對四十位安坐椅上的學生講講課，不消五分鐘，他們就能發現，原來被孤立在課室的一方，三面環顧一下，面前萬馬千軍的一舉一動盡收眼底。老師未必能對每一個行止舉動都瞭如指掌，但學生一點持續的小動作、輕微的異樣，老師始終會察覺得到的。

曾經有學生在我的課堂抄寫歌詞、默寫別個科目的罰抄、傳字條、玩紙上小遊戲、讀報、偷吃零食、讀《鹿鼎記》……遇上這些小動作，初則勸喻，給他們機會自動自覺「收手」。要是冥頑不靈的，那些瑣碎的材料如字條、罰抄、報紙，自然統統沒收，下課後訓示完再完璧歸趙。這已經是極仁慈的做法了。記名本是制度的一種，只是，當大家都不把摘名放在心上時，記名的功效何在？於是，只好扭盡六壬，因應個別情況度身訂造各種較為收效的方法，遏止「歪風」。偶爾也會出言「恐嚇」，例如，面對沉迷《鹿鼎記》而棄文學於不顧的同學，我就對他說假使下次再發現他在課上讀《鹿鼎記》，我就要他讀第六集。「鹿鼎記有第六集咩？」「有，好快有，你再上堂睇，我下次就要你寫第六集。」

只是，我原是膽小鬼。出言「恐嚇」的時候，我都不過本着「膽博膽」的精神，但求板着面孔嚇他們一下。我知道，學生根本不怕，他們就算肯把心神勒回來，也因出於尊重，曉得老師開口了，不能太過分。

再膽大心細都好，叫人害怕的事情，終於還是發生了。

某日午後，文學課上我充當嚮導帶領眾團友一行三十九人在賈寶玉府第裏遊花園的時候，其中一位團友三番四次離隊，大概他自訂的行程更吸引，使他一度流連忘返。多次勸喻這位心散的團友緊貼大隊不果，我忍不住嚴厲地請他跟大家分享讓他一直心馳神往的是什麼。

其實我有點怕這位惡形惡相的團友。由第一天走進這課室，就覺得他像個「大佬」般聲大氣粗，我曾聽過他厲聲咆哮，雖不是向我怒號，但已大大嚇了我一跳。你能夠輕易看到自他身上散發出的領導才能，似乎他說每個字都落地有聲。所以，當大佬兇巴巴地說：「好呀，大家一齊揭開手冊第二頁！」時，我心一沉，背上幾乎滲出冷汗。他沒有把手冊重重放在桌上，但這本手冊已重重壓在我心上。

我握緊手中的粉筆，難以名狀的驚懼感差點叫我把脆弱的粉筆折斷。

教室裏鴉雀無聲，眾人忽然正襟危坐，定睛看着我。心跳亂了節奏，我強自掩飾內心的慌張。我實在害怕，怕大家一同拿出手冊，逃離賈府的迴廊。要是所有團友突然離去，丟下我獨個在賈府裏團團轉，我想，我定要在裏面迷路，張皇失措，無法尋得出口。

如果桌上的文學課本和筆記，瞬間變成三十九本學生手冊，這節課，我是教不下去了。要是真的發生這樣的情況的話，一不做二不休，我乾脆合上課本，跟大家一起讀大佬那部手冊的第二頁吧。我心裏暗暗拿定了主意，決不退讓。

謝天謝地，大佬終究是善良的，這班上的孩子終究是善良的。大佬縱是凶神惡煞，還是合作地重新揭開課本，沒有擺出難看的嘴臉，大伙兒也沒有乘勢起鬨造反，我想，那是給足面子了。

往後的日子，大佬依舊偶然心散，脫離大隊魂遊太虛，有時也會跟同學嬉戲，我總是鍥而不捨地要把他的魂魄召回來。縱是如此，大佬專心上課的時間顯然多了，會抄筆記和發問，哪怕他的習作每次都要拖欠好幾天。

我從來沒有對任何一個學生惡言相向，即使面對如大佬一樣「火爆」的學生。而大佬也再沒有像那次一樣兇惡地留難我。我想，那一次，或許發生了一些我不知情的事，大佬才會那樣暴躁。用心跟他相處之後會發現，平日看似「聲大夾惡」的他，原是友善、幽默的，並且，有一顆懂得關顧別人的心。至少，在老師生病的日子，不善表情達意的他也願意遞來潤喉糖；在老師為「血跡斑斑」的測驗卷苦惱時，說個笑話扭開緊鎖的眉心。

紅筆枯萎了

紅筆枯萎了。

細細批改學生的習作、測驗卷，紅筆就在圈圈點點裏枯萎。

看不見學生的時候，我是怎樣與他們交流的呢？當上教師個多月了，漸漸察覺跟學生共處的時間不多，幾乎所有想要讓他們知道的話，包括那些表示欣賞的、鼓勵的、勸勉的、安慰的，原來統統都用手上的紅筆絮絮訴說。

「欣賞你用心寫作，我每次都期待讀你的作品呢！繼續努力，讓我們交流交流。」

「知錯能改，善莫大焉。（真老套啊！不過這是真的。很多古語都是「珍珠都冇咁真」，惟你引用的：『江山易改，本性難移』除外，這句假的。）

『人不讀書，則塵俗生其間，照鏡則面目可憎，對人則語言無味。』*這是哪一位學者的名言？麻煩你找找看再告訴我。謝謝。」

一個月下來，已經丟了數枝紅筆。

從前把記事本子填得花花綠綠，也絕少用紅筆，沒想到，如今生活裏少不了紅筆。現在的手提袋裏，總能翻出一兩枝紅筆。如果找不着紅筆，內心甚至會莫名其妙地感到不習慣。學生的作業像山泥傾瀉一樣淹沒書桌，攤開練習本就是工作。批改的工作並不容易，不是所有答案都是「一就一、二就二」。每天都把學生的課業帶回家，專注地讀、專注地改。這些時光，有時真的漫長而難熬，卻又會嫌不夠用。

改簿的時候，我的心情總是複雜的。常常期待，偶爾「激心」——期待的是那些偶然出現教人眼前一亮的答案，學生用心做練習，老師是欣喜的；倘若看見一些胡亂填塞敷衍了事的「答案」，就會為學生的搗蛋生小小的悶氣。

如果要批改的是意見題或是寫作的功課，更傷神，但能讀到學生的有趣想法的機會就更多。當然，要付出的時間也會正比例增長。手中的紅筆，總是忍不住要寫下一些在「✓」和「X」以外的文字。例如在批改測驗卷時給他們一些指示：「參考筆記第三頁第五題。」讓他們了解答案未完全正確的原因；或是給予意見和回應、留下簡單的鼓勵和讚美：「表現大躍進！給你頒一個飛躍進步大獎。」

我單純地想，除了面對面談話，文字也是跟學生有效溝通的良好渠道，而且，文字甚至可以觸碰到彼此的心靈，讓大家認知、體會對方的想法和感受。當想像學生收回習作後，細閱我寫下的話而得到一點微小的支持，我就更有動力面對桌上隨時傾倒的山泥。

當然，意志再堅定，人仍有軟弱的時候。

同樣從事教學的朋友問我，當老師的生活如何？說到批改習作一節，他們似乎不甚認同我的做法。這使我困惑，因為他們的經驗比我豐富得多，他們所提出的問題，是真的有需要考慮的。然而問題的癥結，在於時間。就算有心，假以時日，都必敵不過時間。人愈大，時間愈少，要兼顧的責任愈來愈多，逼在眉睫的事情亦不斷滋長，於是，熱情會褪減，心志會磨蝕。無法平衡，終必拖垮自己。

他們說，有一種老師，已經修煉至「萬事睇化」的境界，批改的工作，多半隨意打個勾了事，要評改的一切從簡，毋須費神用力。更何況，若學生也「求其了事」，還何苦傷神？必須承認，學生敷衍的情況是有的，但，要是為此而全盤放棄，未免叫人不甘心。況且，誰又知道，哪天學生會不再敷衍，認真對待學業呢？單憑一己的信念和淺薄的年月，我知道自己顯得微弱又單薄，但是，我能說的，也就只有這些了。

要多少功力才能達到「萬事睇化」的境界？我不曉得，也無意深究。我只知道，至少到這一刻，和暫時可見的將來，我都願意努力，即使有時疲累有時氣餒，我還是願意堅持，做我所能做的，教我所能教的。就算在這段短暫時日裏，未有能力影響誰的生命以讓你們認同這個信念，但我深深相信，紅筆枯萎過後，自然又再生。只要我們時刻真心、用心對待和愛護學生，終有一天，他們會知道，會明白。就算這天要等很久很久才到來，也始終會來臨。

*梁實秋在其作品〈書〉中引用宋代黃庭堅之說。

民怨一觸即發

今天的中文課，讓我受傷了。

敬禮之前，他們的「眉頭眼額」已透着隱隱的不尋常。雖然沒有呼天搶地的叫喊聲，但見好幾個小伙子拉動桌椅時「砰砰嘭嘭」，課本拍落桌面之聲縱然疏落，卻充滿力量。

昨天上課仍是好端端嘻嘻哈哈的，發生了什麼事呢？難道我做了什麼惹他們生氣？這念頭飛快閃過，可是，就算有滿腹憤怨，課還是要繼續上，如果要用課堂時間來了解此刻在教室裏暗暗湧動的怨氣，似乎不太恰當。於是，我請大家收拾心情，繼續教授昨日未講完的課題。

直到課堂中段都相安無事。雖然氣氛有點靜穆，但比起平日倒是安靜多了，大家的情緒也不見得亢奮。面對如此反常的情況，好處是可以不用花太多氣力管理課堂秩序，只是，這種一反常態的好處背後，恐怕潛藏了更大的危機。

暴風雨前夕，總是平靜的。

課堂時間過了三分之二，相關課題的解說已經完結，我便給他們分發習作。豈料，就因為習作的出現，危機一觸即發。

其中一位學生振振有詞地狠狠批評我，從他的言論中發現，在他眼中，老師要學生完成家課委實是無理要求。而他這一番激憤的表述，同時讓我知道今天出現異樣的原因。原來他們因為另一科的默書成績不理想，全班大部分同學都被罰抄，錯得多的自然要抄更多。剛巧我在這時給他們習作，火上加油，正好激發起他們強自壓抑的憤懣。一人起義，頓時民怨沸騰。這位遷怒於我的學生，口口聲聲說很多同學，包括他自己，有千千萬萬個生字要抄，而我竟一點不體恤。

我嘗試理解他們的抑鬱，並溫和地說明願意了解他們的情況，希望他們明白老師給予練習並非出於刁難。豈料這位學生卻像失控一樣，口若懸河力數我的不是，甚至乘勢起鬨咆哮。每字每句都是埋怨，連被罰抄的賬也算到我的頭上。既然懷柔政策不可行，高壓政策必須施行。

我板着面孔嚴厲地斥責：「容忍是有限度的，你已經有足夠的智慧去衡量什麼時候該做什麼事，請想清楚什麼時候該說什麼話，假使有意見要表達，也應該衡量用何種方法及言辭抒發己見才算得上尊重別人、尊重自己！」

我從沒有對他們如此嚴厲。班上大部分同學噤若寒蟬，只有零星幾句耳語，雖然零碎，卻因着突如其來的片刻寂靜而顯得格外刺耳。

大概年輕人都有輕狂魯莽的本錢。屬於少年的狂妄，向來都被豪氣地揮霍，每個可以發揮的時機都絕不放過。這個性情剛烈的學生竟在全班同學面前，惡形惡相地高聲回應：「我容忍都有限度㗎！你係代課老師咋！你以為你真係老師呀？」每一字都如此鋒利，毫不留情地刻在我的心上。原來，代課老師在學生心目中，真的如此不濟。

當下，坐在他旁邊的同學都覺得他過分，勸他閉嘴。他眼神依舊凌厲，口裏唸唸有詞，我努力裝出泰山崩於前而色不變的模樣，勉強壓抑內心的顫動。歎了一口氣，我神情木然地表明現在是上課時間，無意騰出空間和時間去處理這事，免得阻礙同學的學習進度。惟有用一句嚴肅而堅定的「落堂之後跟我落嚟」，叫這場小風波暫時告一段落。

學生的話，無疑給我很大打擊。我感到很混亂，弄不清在學生面前，自己是不是完全擔當不起「老師」這身分，無法做好「老師」這角色。我明白要用心去接近別人的心並不容易，當我嘗試將心比己地體諒他們的時候，學生用倔強的回應把我推開，斬釘截鐵地表明在他心中，代課老師絕不等於老師。當體恤被扭曲成怯懦，包容被視為妥協，忍耐被當作屈服，底線一次又一次被挑戰，我實在忍不住嫌棄自己的不中用，我是不是做錯了？莫非真的應該聽從昔日同窗的規勸，打從最初就建立起老師應有的威嚴，擺出一副高高在上的姿態？難道親和一點，學生就不會把老師放在眼內，甚至不把老師當成老師？

今天的中文課，讓我的心受傷了。

用自由題作文來罵我

歡喜有時，悲傷有時。世間事，總是憂喜相間的。

昨天在中文課上受了傷，創口尚未愈合，便又得回到這個傷心地。不過，今天竟收到一塊溫暖的藥水膠布，覆蓋我的傷口，也撫平那道疤痕。

中文科有一項習作要求學生做短文寫作，通常每次要寫兩篇，包括一道命題寫作和一道自由題。學生普遍在自由題一篇寫生活、興趣、社會現象、見聞等，偶爾，我也會從自由題中讀到他們的心事。

上星期我如常給他們短文寫作當家課，一個平日頗愛搗蛋的學生問我自由題一篇可不可以寫游欣妮，我點頭後，他嬉皮笑臉地問：「寫嚟鬧你得唔得？」我笑笑說可以，惟一條件是要盡量全用書面語。此言一出，他急不可待邀請前後左右的同學一起用書面語來寫文章罵我，見他嬉鬧之情溢於言表，相信誰都沒有當真，包括我，也沒有將此事放在心上。

今天批改習作的時候，發現這小搗蛋鬼竟真的寫了一篇〈我心目中的游老師〉。

「我班來了個中文代課老師，個子矮矮，樣子像個初中生（為免傷害她弱小的心靈，我只好埋沒良心勉強說她像中學生而非小學生）。她長得真的矮小，我最愛悄悄走到她旁邊跟她比高。雖然她只是來代課，不過這個『老』師教導我們時的用心程度絕不比其他老師少。」

從首段的描述，我得知自己在他心目中的形象，這並不感到意外。倒是他說到雖然我只是一個代課老師，但教導他們時的用心程度，絕對不會比其他老師少時，我大感詫異。

接下來，他說覺得我十分煩人：「她很煩，常常在我睡覺時來煩我，煩得我精神起來。不過我也敬重她，我知道她煩我也是想提升我的中文水平。她真的非常煩呢！」

讀到此處，我忍不住發笑——果然用書面語投訴我了。沒想到，他接下來說的是雖然我煩，但他十分敬重我，因為知道我是為了提升他的中文能力才會纏擾他。「敬重」二字，委實言重了。想起自己常常說曉得他們不怕我惡不怕我罵，但我是個極煩的老師，既然惡和罵都不奏效，我只有煩他們了。這樣看來，我是真的很煩人了。

再讀下去，小搗蛋鬼提到有時他上課留心或答對問題，我會用美好的話鼓勵他，這使他有動力繼續留心學習及用功做家課。他執筆寫文章的時候，也許未必想到，原來這些話，使我有更大的動力繼續用心教導他們。能夠令他們感到被鼓勵，並且把這些鼓勵化成學習的推動力，於我而言，實是莫大的安慰了。

說了一大堆內心的感受後，這個小搗蛋鬼在最後立定心志，承諾日後要用心上課、認真完成習作、以禮待人等，一定不會令我失望。平日我常說，不要求他們要位位名列前茅、出色能幹，但必重視他們有否培養良善的品格。我常掛在口邊的一些話，如：要懂得尊重別人、待人真誠有禮、不作惡等等，原來都有被聽進耳裏，記在心上。我讀了好幾遍，鼻子酸酸，眼圈發熱，淚水在眼眶打轉，忍不住「眼濕濕」。

世事總是憂喜相間的。

昨天他們班上的一位同學才狠狠打擊過我，未及復原，今天從他們的習作中又重新得力。這陣子的教學經歷，雖然日子淺薄，只是彷彿更輕易思潮起伏。似乎全副心神都投放到學生身上，仍然自感不足。每每細微如一句話，一個小動作，思緒都被牽動。只要學生表現得稍稍懂事，已讓我大感安慰，一顆心要樂上半天，還來不及察覺，那些難熬的時光已然抵消。

有的老師打趣說，千萬要謹慎，不要受騙。學生說得天花亂墜、寫得精彩絕倫，言之鑿鑿誓神劈願都好，也不能隨便動真情，只因他們很可能是信口開河，要是因一時觸動而蒙蔽心眼就糟糕了。「戲子無情呀！」雖然這些都是老師縱橫教學界身經百戰所得的真實經驗，但我相信即使是飽歷風霜的老師，只要有心，當遇上誠心許諾的學生時，欣慰之情仍舊會湧上心頭，無論磨練多久，都不會麻木。

也許戲子無情，也許學生「下巴輕輕」，但我堅決相信，這個小搗蛋鬼是真的下了決心，哪怕只有一刻，一刻的決心，都不可抹殺這立志的機會。

假使某天小搗蛋鬼再翻開這本短文寫作練習簿，讀完自己的文字和我給他的回應後，但願他能為此牽動心神。就如將來我手執這份習作的影印本會心微笑，感動依然。

愚蠢的表現

學生拖欠習作，足有十個上課天了。

這位學生異常賴皮、為了要他交習作，真使我窮盡法寶。談又談過，勸又勸過，罰也罰過，他就是不交。為了逃避我，他更是扭盡六壬，早退、身體不適、家裏有事等等等等，種種理由都數盡了。剛開始的時候，我還是會單純地相信他目前正面對許多課業以外的困難，可是，當堆砌的理由一而再，再而三出現，然後崩解，就算不願意也得承認，學生是睜着眼睛瞎說謊了。

學生謊話連篇，怎麼辦呢？

不過一張工作紙，幾道問題，要完成莫非真有那麼困難？一天推一天，理由層出不窮，記留堂的次數逐日累積又有何用？他根本不怕，管你罰什麼？表面上一臉誠懇請求老師體諒，轉身回家打電玩蒙頭大睡，第二天又搬來新的理由推托，務求能夠應付老師的糾纏，蒙混過關就好。

終於一次，學生大概是抵受不住我的窮追不捨，工作紙給呈上來了。我長長吁一口氣，欣喜不及三十秒，竟發現工作紙上每一行答案欄寫的都是問題。相信這賴皮學生是因為忍無可忍，於是出此下策，把問題抄在答案欄裏，字體潦草，面目模糊。事情發展至此，學生已經不是不求質素那麼簡單了，簡直是為了堵塞老師的嘴巴，胡亂做個樣算數。

一直對自己諄諄告誡，免得過也不要責罵學生，盡一切可能跟他們講道理。雖則愛之深，責之切，但只要責難的言詞一出口，他們馬上想到的，相信絕不會是「老師為我好先鬧我」。一旦學生認定老師出言責怪不過為個人發泄，還能如何讓他們平心靜氣地面對自己的過錯？為此，我總對自己說，就算要厲聲斥責，也要堅守最終目的是為了讓他們明白自己為何要受責備，到底哪裏做錯了，可以如何改過，怎樣才能避免再犯同類過失。不然，再多的道理再多的訓斥都徒勞無功。

只是，當學生濫用老師的忍耐和信任，我開始問自己，到底這些信念是不是無謂的堅持。不斷的無條件信任，並不為成就不負責任的無賴。學生要出動到如此招數以求脫身，我自覺責無旁貸。

把賴皮學生召來，手執那份不曉得應該算完成還是未完成的工作紙，我請他解釋一下事情發展至如斯田地的原因。我難以判斷學生是自覺理虧還是懶得應對，只知道相對無言的一刻太漫長，連我都不知該從何說起。我們站在走廊上，賴皮學生盯着欄杆外的藍天，無動於衷。我緩緩說，錯的不只他一個，還有我。我錯在誤以為只要給予信任，終於還是會感動上蒼，學生會「拘起心肝」完成習作。賴皮學生依舊一副滿不在乎的神情，彷彿所有事都與他無關。

我繼續說：「你胡扯了那麼多理由，撒了如此多謊，每一次都七情上面，把『詐騙犯』一角演得入木三分。我一次又一次相信，你心裏定是覺得我這個老師愚蠢極了，甚至覺得我是個百年難得一遇、容易受騙、輕易上當的人吧。其實，我怎會不懂得你不過在推搪，不過為找些理由敷衍了事？交來這樣的一份習作，是以為老師不會仔細批改，胡亂見習作上填了幾個字就得過且過，還是覺得老師千方百計只為收齊功課，不問質素？」

「你知就好啦，咁你仲信？你都係代課咋，求其畀我哋自修咪算囉，大家開開心心，好嚟好去。」說得輕描淡寫。

「我之所以願意信，係因為我希望我嘅學生可以喺信任裏面成長。」

假使只有懷疑、否定、不信任，學生就無法在這樣的環境裏快樂地學習。沒有計算沒有量度學生值得信任的程度，只因我確信，你們每一位都值得信任。無條件地相信，並不因為我盲目和馬虎不認真，我何嘗不知曉你精心虛構了多少謊言。每一次都相信，是因為我怕人人都狠心宣告你誠信破產後，將來某天你說真話，已經再沒有人願意相信了。不妨想想，當所有人都不信任你的時候，你才後悔代價太大，會不會來不及了？作為老師，眼見自己的學生籠罩在一大片懷疑裏，終日在謊話裏來回兜轉，於心何忍。

我用柔和而堅定的語調說完心底話，學生眉宇間依舊倔強，看着他微微發紅的眼圈，我沒有說，其實我傷心，非為被騙，卻為他的不爭氣。騙了我尚且不重要，更重要的是他連自己也騙了。

離開學校的時候，天已全黑，我把已批改的默書簿放回簿櫃，發現裏面有一份完成了的工作紙。工作紙上齊整的筆跡背後，我彷彿再次看見，賴皮學生伸手奪去工作紙時，拋下一句：「『搣時』，我會做返好交畀你。」，然後拖着長長的影子離去的畫面。

大懶蟲與軟皮蛇

關於教學，我最不想做，而且會令自己有壞情緒的工作，要算是追收習作。

由背起「老師」這身分走進學校開始，追收功課成了生活裏不可缺少的工作。一追再追，想到自己變得如此煩人，真令人困擾。我想，如果有人同樣每天窮追不捨地來煩擾我，我也會吃不消吧。想到這裏就覺得，自己真是個惹人討厭的傢伙。

拖欠習作的學生，有的採用拖字訣。據學生的說法，出此下策是打算明目張膽跟老師「鬥長命」，務求老師不及他們有耐性，死心不再追收；也有學生振振有詞表明立場，交不來就是交不來，任你如何軟硬兼施，就是不交；用哄騙伎倆蒙混過去的人更多，交出空白的練習簿或在點收功課名單上自己的名字一欄加上「✓」等實屬等閒，不足為奇。

看穿你不會貿然跟他「開火」的學生，搬出大堆「道理」，也不曉得他是要滿足自己還是想要說服我，反正都是一堆歪理。我不為所動，學生勸喻作為代課老師的我，不用事事太上心，功課無法收齊就由他去好了，又不用負責任。一班裏能收回七、八成作業已屬萬幸，其他散失的，就隻眼開隻眼閉吧，大家都樂得清閒。

豈有此理！

「一個都不能少。」我絕不動搖。我一而再，再而三，不厭其煩地對他們陳明自己所堅守的宗旨。誰說代課不用負責任？撇開是不是代課老師不說，根本做人就應該要有責任心。拖欠功課還要強詞奪理本是「無賴」行為，不能縱容。在小事上都不願負責任，誰敢寄望你將來成就大事？

深知他們不怕我惡，不怕我罵，但我表明自己是個徹頭徹尾的「煩人」，不愛交功課的儘管不交，我早晚還是煩得他忍無可忍，一天收不到習作，誓不罷休。動不動大發雷霆，元氣大傷之餘，不但令學生和自己都反感，也令他們充滿敵意，說什麼都聽不進去。偶爾事態嚴重怒不可遏才動真氣，反而收效。畢竟，誰喜歡經常被責備呢？況且，被罵得多，自然產生抗體，刀槍不入。

「你家陣唔想做唔緊要，我九點先走，我打電話同你爸爸媽媽講吓，我陪你留低做完張工作紙先走。我冇嘢叻，最叻陪太子讀書。」

「唏，你想留低陪我咪直接講囉，唔使咁苦心孤詣專登唔做功課，留低我又留低你自己。」

「你唔係唔想做，係唔識做啫，我慢慢逐個字逐個字，教到你識得教返我轉頭為止。」

「你午膳做唔完功課唔緊要，放學繼續；放學做唔完都唔緊要，第二日繼續；第三日再繼續；第四日……」

天天對着一條條大懶蟲軟皮蛇，我的忍耐力更勝舊時，「磨爛蓆」的功力不比他們弱。留堂嗎？我們一起留。沒帶書嗎？我有。不明白題目嗎？我逐一解讀。總之我要學生明白，不交功課是沒可能的，大家想都別想。只要他們發現，原來老師真的會花時間跟他們糾纏到底的話，日後如非必要，都不敢輕舉妄動。即使偶然有人欠交功課，大部分嘗過被窮追不捨的滋味的人，也不敢不在幾天後自動繳交。縱然不是所有學生都會因害怕被「日追夜追」而主動交功課，但只要此策略大部分時間收效，追收習作這繁重任務便輕省了不少。

我想，與其祈求所有人都依時交回家課，我似乎更應該先學習如何不討厭這個又煩又長氣的自己。

教學相長，於此又上一課。

浪子回頭金不換

自從第一次批改會考班的文學測驗卷後，我便在心裏暗暗打定主意，想要找（當然也是抓）那些提不起勁用功的同學下課後前來溫習。溫習，真是一項既要耐心又要刻苦的耐力持久賽。測驗用作分段考核之餘，實情也是推動學生複習的工具。可是，學生只要有一、兩次疏於溫習測驗範圍的經驗，開了先例，自然就會習慣提不起勁。要是一直這樣沉迷於「提不起勁」的氛圍，到會考才臨急抱佛腳就遲了。

跟他們一起下定決心吧！把他們積存下來不懂的地方統統理清，從前沒有用心聆聽的課，就給他們再講吧，就算記不了十成，記個七、八成也好。就這樣，我下了決心，坐言起行，鎖定目標，在他們的測驗卷上畫個笑臉:)，寫下「來找我溫習吧」幾個字。

寫這些字的時候，我已預視到要實踐舉行溫習班的想法，一點也不容易。三言兩語又怎能動搖他們對「疏懶」的虔誠膜拜呢？就如，我要舉行溫習班的信念也難以被推翻。各有各的堅持，我就試着慢慢動之以情，說之以理吧。

經過一輪懷柔政策後，終於約好第一次溫習的時間。我仍記得，那時在樓梯轉角處，我對其中一位目標學生說：「一睇你就知道你係尖子啦，冇理由你科科都拔尖，係文學科唔掂㗎嘛，等我哋一齊努力將你打造成一個全面嘅尖子啦。」

這個文學拔尖班，初步的架構極簡單，只有我和兩位學生。待上了軌道後，再慢慢壯大陣容吧。我在腦海裏繪畫初步的藍圖。在約好拔尖的日子來到之前，尖子「實牙實齒」地說早早就記得約定，天崩地陷也會出現的時候，我怎也沒料到他們早就密謀「走佬」。

「天網恢恢，疏而不漏」一言，縱是老掉牙，卻仍然真確。原來這兩個滿肚密圈的小伙子早就籌劃好要「走佬」，這天其中一人走脫了，偏偏讓我在操場的另一邊碰上他的同黨——來不及逃脫的「浪子」。浪子本想拔腿就走之際，無奈給我逮個正着。我感到失望極了，埋怨他沒信用，難怪約定的時間要「一日推一日」，原來存心騙人。眼見浪子仍舊一貫的嬉皮笑臉，我竟沒有憤懣和激動，沮喪感卻在胸口不斷膨脹。而應付沮喪的同時，浮現在我心裏的是：難得今天是測驗週少有提早下課的日子，勉強要他們留下來溫習也未免不近人情。

「算啦，今日唔補喇。」輕輕吐出一句話，我便轉身離去。大概浪子霎時醒悟，於心不忍吧，跟在我身後不斷說對不起，叫我不要生氣。一來怕流露內裏的灰心，二來也考慮到既然被騙，就算一下子生氣不來也要板起面孔，要不然他們倒以為可以胡作非為。為免自己心軟，我也不看他了，硬起心腸說：「我哋冇偈傾喇！」

回到自己的座位上，把預習多時的筆記和課本逐一放回書架上，一陣悵惘教人鼻酸。我不過希望他們進步，想跟他們一起努力，讓他們不要浪費自己的小聰明，為什麼自己就是做不好呢？眼底薄薄的淚水似要翻湧，面前一切紛亂迷濛，叫人無法辨明。竭力整理好自己混亂的心情和複雜的思緒，我知道自己下星期還是會要求他們來拔尖的。不過我得想出萬全之策。

誰知不到半小時後，「騙徒」浪子竟推開教員室的門找我，說要補課。我大感愕然，好端端如願走了，為什麼又走回頭呢？我表明不補課了，他卻堅持要依約拔尖，還不斷叫我別要生他的氣。其實我根本不是生氣，不過是徹底想通了，提早下課的日子難能可貴，硬要他們放棄娛樂改而溫習只會自找煩惱，下星期再選個良辰吉日，讓他們心甘情願地聽課倒更有效。豈料此頑固的浪子竟提起嗓門高聲說：「咁我係學生我話唔識，你係老師你無理由唔教我啦！」果然是壞孩子，耍賴皮的功夫真到家。

如此能言善辯的人，誰說他不聰明呢？

我嘴裏沒有說，內心卻是非常感動。滿懷悵然若失之時，真沒想過事情會扭轉成這樣的結局。當我放下了，竟又被撿起，事情、筆記和我，都因為浪子回頭的緣故，必須重新撿拾。我感動於那滿滿的人情味。

我把這件動人的事放在心上，也摺疊在日記裏，不願忘記。

號外：擴充拔尖班

今天是擴充「拔尖班」的大日子！

文學「拔尖班」共有五位成員，浪子是拔尖班始祖，不得不封他開國功臣之美名。「拔尖班」一名之由來，全因當日跟浪子預約溫習時間時開玩笑，決心要將他打造成全面的尖子。於是，拔尖班三字取代了溫習班。

別人或對「拔尖班」此名嗤之以鼻，因為「拔尖班」五位成員的學業成績有明顯差異，下游、中游、中上游、上游，各派代表參與，各擅勝場。但是，在我心裏，他們每一位都一樣好。畢竟，學業成績不代表一切，在學習態度上，他們確是有進步，至少在文學這一科目上，他們明顯愈來愈用功。

第一、第二次拔尖，只有師生各一人，但好歹算是成立了拔尖班。拿着文學課本穿梭古今的時候，我哪會想到這個小組在短時間內能夠擴充？

這天午膳，一行五人問我可不可以課後一起拔尖。既然大家願意，我何樂而不為？只怕推不動你們。雖然為到該如何掌握拔尖時的教學流程和速度而憂慮，一方面擔心進度太快未必所有人都能跟上，另一方面也顧慮到若是進度減慢恐怕會延緩上游份子的學習計劃。縱是憂患，但為着學生的主動和上進，體內的喜樂因子不斷膨脹，實在無法壓抑。

下課後，抱着愉快的心情走進拔尖課室，幾位尖子就在身後跑跑跳跳，腳步同樣輕快。五位小伙子，分別是在我觀課時坐在我身旁的黑瘦小伙子、上課時經常唱歌的歌神、狀態跟心情同樣飄忽不定的音公、跟黑瘦小伙子一樣相當勤學、對自己要求甚高的高佬，當然少不了拔尖班始祖浪子。憑他們歡快清朗的笑聲、輕盈跳脫的步伐，我深信，他們都是自願且樂意前來的。

歌神長得高，平日上課時跟音公一起坐在課室最後一排。音公也愛唱歌，二人正好開迷你音樂會。這兩台唱機，在我的調校下，自然得調至靜音狀態。有一次，他倆又在課上悄聲唱歌，偏偏被我不識趣地拆穿了。他們大感驚訝，課後不斷問我：『搣時』，點解咁細聲又咁遠你都聽到？」「你哋大聲自己唔知啫。」

他們原以為我聽不見那麼小的聲音，其實我真的聽不見，我不過是看見他們的嘴唇動，唱了陳奕迅的「夕陽無限好 天色已黃昏」*……

這羣孩子氣的尖子在我回教員室取東西時，關了課室的燈，一起伏在桌上裝睡，真傻氣。我回到教室按掣亮燈，笑着問他們幹嗎這樣做？他們爽快地回答，不為什麼，不過是興之所至。由此時開始，課室裏，我們的笑聲此起彼落。我愈來愈有信心，我們定能在拔尖班裏，寓學習於娛樂。

在填滿了詩詞筆記和笑語的課室裏，我想，大家都快樂就好了。不是嗎？

*《夕陽無限好》，作曲：Eric Kwok，作詞：林夕，主唱：陳奕迅。

在失望與欣賞之間

我在「大佬」的測驗卷上，寫下這段話：

「誠意邀請你來找我溫習。雖然你連續兩次都是把問題抄一遍，只選答其中一小項，令我感到驚訝，但我還是要欣賞你願意執筆寫字。既然願意寫，何不再加點努力作答呢？老師感到失望是因為對你有期望。我怎樣也不相信你天生就資質差劣！加把勁，不要浪費自己的能力。我堅信，只要你肯下點苦功，成績必定大有進步。我對你有信心，加油！」

「大佬」這名字，是我在心裏暗暗為某學生起的。我初次見他，瞳孔裏冒起的，就是「大佬」二字。大佬是個豪邁的男生，不修邊幅，活脫脫是那種在球場上穿梭馳騁的運動型粗野男孩。還有一項最符合大佬形象的特徵：有氣勢。大佬嗓門粗，偶爾大吼一聲，自有其懾人威勢。有些人，你一看就知道他是領袖，擅長籌劃活動，大佬就是這種人。我初時就曾在文學課上被他嚇得滲了一背冷汗。想起那次「全班一齊打開手冊第二頁」事件，猶有餘悸。他骨子裏是善良、好心腸的。

聽說大佬曾任班會主席，而且相當稱職，後來不知怎的退了下來。雖然如此，卻仍沒失其瞬間呼朋引伴的風範，籌辦聯誼活動時動作迅速，三兩下子就安排好活動日期、時間、地點、形式，報名參加的人完全不用費神。

我想，大佬是知道自己的長處的，有領導才能，運動方面表現出色。而這些過人之處，也就是他最大的信心來源。至於學業，看來是被大佬打入那些不拘泥的小節之列。大佬是個聰穎的年輕人，資質不弱，領悟力高，我一點不懷疑他的能力。我想，是不是因為學習無法讓大佬取得成功感，或是他害怕學習上可能出現的挫敗，才逃避在學業上花功夫？寧願因為不用功而換來未如理想的成績，也不欲付出努力卻取得差強人意的分數。那真是置諸死地的策略了。

這回是我第三趟批改出 0.5 分的文學測驗卷，其中兩次都屬於大佬的，同時也屬於我的。總分 25 分的卷子能考出 0.5 分來，第一次讓我詫異，第二次叫我摸不着頭腦，第三次我幾乎已明白這原是常態了。學生的表現，除了他個人要負責，作為老師的我同樣責無旁貸。我不只一次給大佬寫小卡片，留下片言隻字的鼓勵，卻打動不了他的鐵石心腸。深知純粹鼓勵的不足，單純動之以情是無法叫學生明理的。我想啟發學生思考，讓大佬知曉三番四次鍥而不捨勸告他的原因。

發回測驗卷後，我懇切地邀請大佬跟他的好兄弟一同溫習，成為拔尖班的一分子。我坦誠地告訴他，失望絕非因為考卷上鮮明的 0.5 分，只因我眼巴巴看着一個有能力的年青人糟蹋自己，卻無能為力。惟願他能夠盡力，正視自己的能力和責任，不論結果如何。

我深信，大佬有足夠的智慧去咀嚼這番話，只要他願意。

背着 0.5 分的包袱

我曾經批改出三份 0.5 分的文學測驗卷，除了大佬佔了其二，還有一份是浪子的。在測驗卷右上角寫下 0.5 的時候，我曾下決心，要學生擺脫 0.5 分，甚至爭取及格分數。雖然有決心，但實在不敢想像願望成真。由半分到及格的路，畢竟漫長而陡峭，既像長命斜，考驗我們的堅忍和耐性；也像峭壁，沿途許多隱伏的沙石，我們專注往上攀的時候，冷不防一把抓錯了鬆散的沙泥，落空之餘還要摔痛。

不知道最合適最有效的方法、不曉得哪裏得見盡頭，連結果，也只有模糊的估量。及格和不及格，一線之差。我所着重的，並非考卷上的阿拉伯數目字，而是藏在數字背後的意義。看着小伙子背着 0.5 分的包袱愈來愈努力的時候，我有時想，假如真的再不及格，對他未免太大打擊了。

擔心又好，憂慮也好，測驗的日子還是會到。經過這陣子以來的磨練和思忖，我已想好各種在不同情況下都能派上用場的話。或有人說「有最好的期望，有最壞的打算」這話老套陳濫，但也不能否認其自有道理。況且，我們有更好更貼切的話嗎？

改好了浪子的卷，及格啊！大大進步了，我好高興。雖然這小子愛擺出一副愛理不理的樣子，但我相信，至少這一次，他是同樣着緊的。當他測驗前仍握緊筆記喃喃自語，當他一見我便趕緊詢問自己的表現，我深信這次他必定在意。

本來打算忍耐到發回測驗卷的時候才送上這叫人喜出望外的消息，可是當這孩子頻頻追問時，我還是心軟了。他腼腆笑笑，彷彿有點難為情，又似是找不到適合的言辭，隔了半晌才對我說：「你有回報喇！」真是傻孩子，「你自己有回報就真，你先係最辛苦嗰個，畀心機啦，都話你實得。」

午膳第二次鐘聲響起，浪子叮囑我趕緊吃午飯，不要餓壞肚子，免得放學後沒精神補課。由偷走發展到主動拔尖補課，我為當中的玄妙不解而禁不住會心微笑。別過頭之後，浪子突然又趕上來把我叫住，說了一句：「『摵時』，thank you！」

我自覺多少能夠明白他的心情。一路走來，跟他共同經歷了這段由最低分游上中游的努力，與有榮焉。整個下午，我一想到浪子吁一口氣的喜樂神情就忍不住笑。我們得到的最大的回報，不是分數上的急劇增加，而是在這段時間裏，共同建立起的自信心和成就感。學習的道路上，我們想要做到的，原是建立，而非摧毀。

課室裏，尚有光

旁人或會戲稱拔尖班名不副實，要為拔尖班三字加上引號，變成「拔尖班」。我深知，六位尖子，並非每位的成績都卓越，名列前茅，但無論成績如何，我仍欣賞他們的堅持和毅力。一直全力以赴的同學不單時刻不鬆懈，勤奮程度更勝從前，慣於散漫的同學也喚醒懶骨頭，重新振作，眾人在學習態度上的轉變和進步，令我安慰。

為了預備會考，尖子們上了一天課之後，沒等小休便要進行連環補課，臨近陸運會，還要參加啦啦隊練習。每次，當天空漸漸變成深藍色，我們才開始在課室裏移動桌椅，努力拔尖。走廊愈來愈暗，有時剛揭開課本，樓下球場上籃球墜落地面、排球拍擊手腕的聲音已褪去。這時，還剩多少同學留在校園裏默默耕耘？這些同學中，又有多少發自內在心甘情願遲遲不歸家？

今天，有重點新成員「大佬」加入拔尖班，真要謝謝大家的幫忙。拔尖的時光，從不感漫長難熬。課室裏，總瀰漫一片輕鬆的氣氛。

這夜離開學校的時候，天都黑了。入夜，天就涼，風輕易撥亂我們的頭髮，忽然叫眾人的臉更顯疲憊。匆匆道別，我囑咐各人快快回家。沒想到，尖子們竟「逼迫」我一同離開，反過來語重心長地提醒我別再工作，免得過於疲乏，拖垮身子。(比我還要長氣啊！）因為打算趁着週末，盡全力備課和完成一系列批改工作，所以大大小小一共六袋，包括習作簿書本畢業袍手提包等重量十足的東西早已安坐在側，靜候我把它們帶回家。我本來可是要獨自提着這些包袱上路，幸得大家分別拿去幾袋沉甸甸的東西，為我減輕負擔，疲軟的兩肩才得以稍稍休息，不再緊繃。

「『摵時』，你一個人點拎呀？」

「係咪重呀？我自己拎返喇。」

「唔係嘛！你係咪男人嚟㗎！咁都話重，唔係要『摵時』自己拎呀嘛？」

「風度呢？」

大家七嘴八舌的開彼此的玩笑，調侃之聲此起彼落。學校離我家很近，可是若然包袱沉甸甸的話，再短的路都覺過於漫長。

「『摵時』，我哋送你返屋企啦，一個女仔好危險㗎！」

「係呀，我同你哋呢班洪水猛獸同路仲唔夠危險呀？同你哋行都唔驚啦，仲驚……」

「嗱嗱嗱嗱，你咁講就唔啱喇！」浪子急於平反，不等我說完便馬上回嘴。

「平時你自己拎咁多袋返屋企呀？點拎呀？你皮包骨咁。你屋企好大㗎？」

「咁多改到幾時呀？幾點瞓呀？」

「唔使瞓呀？唔上網呀？邊有時間睇電視呀？」

「嘩！『摵時』都唔睇電視嘅！『摵時』睇書㗎！」

我回頭看一下在夜色裏靜默無語的校園。學校離我們愈來愈遠。我想，剩下來能拔尖的日子不多了。

目光落在牆上一列列工整的玻璃窗，我彷彿看見，課室裏，尚有橙黃色柔和的光，緩緩灑落，流瀉一室。

順應民意的地底泥

面前這個小伙子，個子不高，頭臉圓滾滾的，形象跟叮噹卡通片裏的技安如出一轍。真人版技安的「蝦蝦霸霸」程度不比卡通技安遜色，人際關係同樣不相伯仲。

技安是大嚿的同班同學，兩人湊巧都是功課班的常客。我是把守功課班大門的其中一人，因此，我們常有碰頭的機會。技安曾對我說，他跟其他同學相處不來，那是因為他不屑與他們相處。據我觀察，技安所言只能算部分正確。我見技安很積極逗同學聊天，也會搭訕，可是，大部分同學都不理會他。偶爾回話的，也離不開一些針鋒相對的尖刻言辭。大嚿就是最常挑剔技安的人。

「唔知就唔好講啦！問問問！」

「我係鍾意問呀。我係要問呀。我問呀。『搣時』呀……」

這是在技安與大嚿之間出現頻率最高的「對話」，一來一回，內容空洞匱乏，完全是無聊的「牙骹戰」。

這天，技安甫進課室，又擺出慣有的愛理不理的樣子，難怪同學們都說他脾氣古怪。書包如常張開嘴巴靜靜待在他身旁，裏面一堆雜亂無章的，未及咀嚼就要腐爛的書簿赤裸裸地呈現眼前。初次見這書包時的訝異與震撼，早已隨時日消磨，畢竟，當你幾乎天天都跟這種血盆大口打照面，再新奇都不足為奇，再古怪都見怪不怪。

「得你一個咋，你朋友呢？」按理大嚿跟技安同班，下課的時間該一樣啊，怎麼大嚿遲了那麼多還沒來？

技安慢吞吞地取出功課袋，把大堆紙張回條筆記書本鋪滿書桌，唸唸有詞批評一番後（他批評的是誰，我們是無法弄清的），懶洋洋地掏出他的計算機，開始對計算機說起話來。我多次提示他整理課本，專心完成習作，他對我的勸說置若罔聞。我忍不住再次搬出我的「泥理論」。

所謂「泥理論」，乃是要求學生投入課堂，別魂遊太虛。我對技安說：「你又唔係一嚿泥，你係嚿泥我就當自己同泥講嘢，由得佢冇反應啫，你唔可以就咁坐喺度喎，功課班係要你做功課，唔係要你坐，更加唔係要你同計數機傾唔停。」平靜而堅定。面對技安，激憤無用，只能跟他鬥強硬。

聽了這番話，技安終於有反應了。「冇錯，我唔係一嚿泥，我係一嚿『地底泥』！」他的回應從容不迫，氣定神閒，比我更平靜，我倒被這話嚇了一大跳。

「邊個話你係地底泥？你做乜當自己係地底泥？」

「順應民意。」技安依然不慌不忙。

一位年紀輕輕的中二生，竟然為了「順應民意」而自比為地底泥？並且以一副無意抗辯的姿態全然接受地底泥之名。教人何等驚訝。

「我屋企好似得我一嚿泥咋喎，阿爸阿媽話我地底泥，種花都嫌『阻埞』嘛。大家又話我啲肉好似一堆泥咁臉吖嘛，佢哋都傻傻哋嘅。佢哋想我做地底泥我咪做嚿最臉嘅地底泥囉。」技安娓娓敘述他的處境，學校、家庭、朋友圈內，所有人都把他當作地底泥，於是他就甘願作一團地底泥。

「就算所有人當你係地底泥，我都唔會當你係！仲有，你更加唔可以當自己係一嚿地底泥！」我猜那時，大概技安都能看出我的激動了。縱是如此，這小子仍是那般懶散，甚至堅稱自己是一塊不會完成家課的地底泥，他都死心了，着我也「死咗條心」。

「你即刻提起精神做功課，唔好以為話自己係地底泥就唔使做，任何一個人都唔係地底泥。」看着技安不情不願地翻開習作，握住原子筆趴在桌上昏昏欲睡的樣子，我忽然一陣心酸。面對這麼一個自我價值低落的孩子，我該如何扶助他，讓他重新察見自己的可愛，建立起正面的自我形象呢？

我的「游欣妮親衞隊」

走在陽光充沛的路上，滿腦子都是陸運會的事。彷彿一個個朝氣勃勃、精神煥發的身影仍在眼前晃動。踏着輕快的步伐，脈搏跳躍不定，陸運會的餘溫滯留在體內，久久不散去。

很想繼續在司令台無間斷地召集、「口沫橫飛」地宣讀得獎名單、忘形地向跑道高聲呼叫、為啦啦隊表演和運動員的表現驚嘆……

想起陸運會那天，六甲文學班派出四位同學作代表，自發組成接力隊參加四乘一百米接力公開賽。正式遞交報名表格之前，幾位同學軟硬兼施，硬要在後備一欄填上我的名字。我諸般推託，就是不肯上場接棒，因為我害怕在賽場上出洋相。誰知這幾位學生對我的請求完全不為所動，甚至生起我的氣來。終於，我硬着頭皮，無奈「就範」。內心實是百般忐忑。

自從在報名表格上看到自己的名字大剌剌地寫在後備欄開始，我就非常擔心給趕到運動場上交棒接棒。難道我逃不過在眾目睽睽之下「散步」的命運？幾乎可以想像，當別人拔腿起飛，跑到最後一棒的時候，我才把第一棒交到隊友手上，還要彎着腰，按住肚皮不住喘氣，那將有多糟糕呢？不但惹人發笑，還會連累隊友跟我一同「跑第尾」。

這支小隊起名為「游欣妮親衞隊」，不知是誰起的名字。學生們都說，這隊名滿有氣勢。

一些同事對我說：「唔緊要啦，我都跑得好慢㗎，我哋一齊跑啦！」大家都不曉得，我是何等懼怕到跑道上賽跑啊！我是天生沒有半點運動細胞的，最喜歡和最擅長的運動項目是散步，勉強要我多加一項，也只能把扭呼拉圈都算上，湊湊數。加上我腿短，要趕上別人的話，人家散步時我要競步，人家競步時我可要跑步了，到別人跑步的話，你想想看，不說自明。

讀了七年中學，中一至中五我只參加啦啦隊，其他項目一概不參與。直到中六那年，沒來由一股勇氣爆發，我竟報名參加擲鐵餅和標槍。我原意是想，反正沒能力也不打算跟其他選手一較「高下」（人貴自知啊！），我報名也不過志在參與，隨便擲一下東西，沒理由不行吧？後來在同窗慫恿，又滿心想為自己班爭取參與分之下，我才硬着頭皮參加四百米賽跑。

那是我平生第一次賽跑。八位選手參賽，我得第七名。因為第八位選手在召集時失蹤了。

你說，我又怎麼敢再參加賽跑呢？還好，到真正比賽的時候，我只需擔當啦啦隊隊長，在跑道旁大呼小叫，竭力叫喊，為我的親衛隊打氣。

鬧鬨鬨開玩笑過後，我問學生，為什麼要把接力隊命名為「游欣妮親衛隊」？

「因為我哋鍾意你囉。」答案如此直接，不假思索。

我當然感到很高興，但這一刻，忽然想到自己的不配。常常跟學生說不要懼怕，要勇於嘗試，可是，自己竟然退縮。因為怕連累別人，怕在全體師生面前鬧笑話而放棄與學生並肩競賽的機會。

學生邀請我一起組隊，已是豁出去，不怕被我拖垮比賽成績的最佳證明。相比他們，我未免少了一點體育精神。任何活動都好，敢於參與原是比獲得勝利更重要的。

假使將來還有機會，我是不是應當全力以赴？就算運動是我的弱項，也不必畏懼。要盡力做到如我們教導學生時所說的話一樣，積極樂觀，勇於嘗試。氣槍聲響起，雙腳騰起，做足心理準備，在眾人面前大出洋相。

風吹走了皮鞋

課堂開始了還不到五分鐘，一隻男裝學生鞋「飛」到黑板下垃圾桶旁。課室後排的男生掩嘴竊笑，卻沒有人走出來把它穿回去。

此情此景，我心裏暗暗盤算該如何處理。相處兩個月了，我知道這羣年輕人如小猴子活潑好動，一有機會就「猴」起來，絕不錯失時機，假使現在稍稍鬆懈，恐怕又讓他們猴性大發。

我見眾人望望我，又望望鞋，似乎要看我打算怎樣處置這隻「天外飛鞋」。好幾位同學對鞋子虎視眈眈，一條條蠢蠢欲動的腿巴不得馬上伸長把鞋子踢得更遠。我斜睨鞋子一眼，再望向鞋子的主人，鞋主目光閃爍，低下頭暗笑。於是，我決定按兵不動，若無其事，繼續講課。

出奇地，這陣怪風掀起了幾個微弱的波瀾之後，並沒有翻起巨浪，一切回復平靜。除了偶爾幾聲牢騷，如水面泛起的漣漪。原來，在某些情況下，敵不動我不動這招式實在奏效，不曉得孫子兵法裏有沒有收錄這一招呢？

下課鐘聲響起，敬禮後，我高聲囑咐鞋主穿回他那長了翅膀的鞋子，並且在午膳時間把飯盒一併帶來找我，好好說明鞋子之所以能夠飛翔的原因。

「陣間記得着齊兩隻鞋。」離開課室前，我放下最後一句話。

走出課室，正疑惑何以鞋主會跟在我後面時，竟見走廊上有一個書包靜靜躺着。教室裏此起彼落的喧鬧聲讓我知道，原來不只皮鞋曉飛，連書包都長了隱形翅膀。

午膳時間，鞋主來叩教員室的門，我讓他先吃飯，再詳述事情的始末。

倚着石欄，我緩緩問及皮鞋和書包發生什麼事。

鞋主厚着臉皮說：「因為太大風，吹走個書包同隻鞋。」

太大風？我幾乎忍不住咧嘴就笑。「你諗真啲再講多次。」

「今日好大風嘛。」鞋主站在原地傻笑起來。

冥頑不靈。

「哦，咁大風，所以你就將隻鞋同個書包當風箏咁放喇。」

這樣的謊話也膽敢說，真不怕人笑話。我板起面孔說。鞋主吞吞吐吐，一番拖拉後把事情的起承轉合和盤托出。不外「貪玩」二字。想要玩耍不是不行，但既然在不適當的時候愛玩，就要付上代價。

往後五天的放學時間，鞋主都得帶同中文課本來找我溫習，遇有不明白的地方就要發問，要不然答不上我的提問，就只能繼續溫習了。結果鞋主回答問題的速度一天比一天快，好些之前無法理清的議論方法都能倒背如流。

第五天，當他把所有問題都回答得正確無誤後，我笑笑對他說，上課的時候放風箏，受一點罰，算是小懲大誡。以後不用來了，在家努力發奮吧。我以為鞋主會為終於脫難不用再見我而鬆口氣，豈料這小子竟跟我道謝，還對我說「『搣時』，下星期一再搵你！」

年青人的想法，真的讓人摸不着，想不透。

考場裏，掌心冒汗

自上星期起，會考班的同學已不用上課，因為他們要參與第一學期考試，待試後再恢復正常的上課時間。

這天，就是他們應考文學科的大日子。

跟這幾十個來自五湖四海但同時選修文學的學生相處了八星期，多少也「摸」到一點他們的底細。除非有誰深藏不露，到考試期間才展示隱藏多時的超凡實力就另當別論。當然，我「摸」到的，只限文學科。

正因如此，對某些同學的表現，我會格外憂慮。雖常說不應只重視成績，考核結果也不能斷定一個人的成就，但是，在公開試這「遊戲」面前，我們根本不能忽視分數。即使如此，當下，最教我擔憂的，並非成績，而是學生的信心和態度。

信心太薄弱又緊張的，我怕他們因過分焦急而影響表現；信心爆滿的，又怕他們因驕傲自負而輕視一切；慣於輕佻浮躁的，只怕他們太「懶懶閒」。而且，考試過後也有後遺症，要是成績理想的話，擔心他們會鬆懈；成績不理想嗎？更怕他們不懂得知恥而加把勁，反倒愈趨消極。

曉得叮囑學生「淡淡定 淡淡定 有錢剩」，我偏偏自己杞人憂天，無法以平常心面對。表面上裝出一副泰山崩於前而色不變的架勢，內裏卻禁不住顫慄憂愁，我真是個不稱職的老師。

雖然沒有被分配作文學科的監考老師，但我還是忍不住到禮堂去，跟大家一同經歷掌心冒汗的幾小時。其實，要不要到試場去一度令我矛盾忐忑。本來是要去為大家打打氣的，但要是在試場出現加重了學生的心理壓力，豈不是弄巧反拙？（又在擔心了，壞榜樣。）反覆思量後，我終於決定在開考前現身，可以的話，盡量安撫大家的情緒（自己也曾當學生，有些時候，我們總要到考試逼在眉睫，才突然湧現憂患意識。）；開考後，也留在考場裏跟大家一同翻開試卷。

後來學生告訴我，考試期間，看見我在一旁來回踱步，對眾人微笑，心情反倒輕鬆了。他們或許不知道，我聽了這話後，積壓心頭的小石子，瞬即消失得無影無蹤。

偌大的禮堂裏，各人用獨有的姿勢低頭執筆，一筆一劃填在答題簿上，我彷彿遇見多年前的自己，坐在這些硬邦邦的木椅上，手腕因用力過度而痠軟時，老師在行與行之間梭巡，是不是也如我現在一樣的心情？

那天，我為自己的考試讓汗水沾濕手心；今天，我的掌心同樣冒汗，為學生的考試，為學生那因用力過度而痠軟的手腕。

今天之後，你們的考試便告一段落；我的代課日子亦即將落幕。

在夢裏講課

做了一個夢，好些細節丟失了，只能大概記住夢的骨幹。夢醒之際，我仍無法確定代課時光是不是已經告一段落。

夢裏，我如往日一樣走進課室，說了一聲「起立」，沙啞得幾近完全喪失的聲音，讓我意識到自己在失去嗓音的邊緣徘徊。我吃力地重複一次「起立」，還是無法叫出聲音。聲帶失效了——聲帶竟然失效了。

然後，我開始咳嗽。蹲在地上，痛苦地咳嗽。中間的細節模糊了，像影碟跳線，飛快地吃掉幾個情節。

我在教師桌附近啞着嗓子講課，瞥見後排兩個同學在嬉戲，兩張都不是陌生的面孔。但是，其中一個同學理應不會在我的文學課上出現，因為她是理科班的，這時段她應該在實驗室裏做實驗吧。課室裏有不應在場的同學，實在不合理，我相信同學的想法跟我一樣，要不然他們無須竭力隱瞞，意圖擋住我的視線。而大家似乎都以為瞞住了我。

事情如何解決，還是沒有解決呢？我不曉得。那些都是這個夢被吞掉的另一部分。

在這個混亂的課節裏，忽然又跑來另外兩位老師。他們都好像沒看見我一樣，繼續在我的課堂講他們的課。他們的聲線洪亮又清脆，完全蓋過了我那副嘶啞的嗓子。我還看見，學生攤開放在桌上的，統統都不是文學課本。

不是文學課嗎？我張皇失措地翻開時間表，這節課分明是文學課，到底出了什麼亂子？看着兩位老師從容不逼地繼續講課，我難掩內心的焦急和驚慌，比起他們的氣定神閒，實在叫我自慚形穢。

不知道過了多久，也算不清課講了多少，夢就發展到尾聲。夢醒之前，我用盡全力向坐在後排嬉鬧的其中一位學生呼喊：「你仲未交課後練習呀！」

醒來後，我冒了一身冷汗，喉嚨火熱，渾身筋骨痠痛，肩膀沉重，頭異常疼痛。

我用厚厚的棉被包裹自己，嘗試重組夢的情節。許多枝節重疊，紛亂，我吃力地想理出個頭緒來。為什麼會做那樣可怕的夢呢？跟現實相差太遠太遠了。

想起那一次，啞着嗓子上課，我為着自己難聽的聲音暗感歉疚，因為苦了學生的耳根而於心有愧。學生靜靜地聆聽，一聲不響的，課室從沒試過如此鴉雀無聲。我背着大家在黑板寫筆記的時候，停不了地咳嗽，自覺糟糕。學生囑咐我喝水、給我潤喉糖，甚至提議去借投影機讓他們自己抄筆記……那天，我努力忍住眼淚，不讓它們滑落。

想着想着，好想哭。

臨別依依，以信代情詩

親愛的猴子們：

文學班最後一節課，因為要默書，我們都沒有時間好好話別。就那樣，匆匆告別，匆匆作結。在課室裏繞圈，細看你們默寫在原稿紙上的〈死水〉，一節節課上的片段掀動心神。想起，第一次走進你們當中的情景，同樣的課室，你們低頭執筆，在稿紙上與李白對飲，偶爾抬頭，緊皺的眉頭藏着的是對陶淵明移居的疑問，還是對我走進「官場」的不解？

你們說過，我的個性跟名字如此合襯，同樣溫柔，甚至讓你們誤以為我的名字是「柔欣妮」；拆開一寶糖紙的窸窣聲如同勾劃在黑板上死水的泡沫穿破的聲響；大家興致勃勃地約我東門行逛街去；一起在賈府的花園迴廊裏遊走，談論寶玉和黛玉的愛情；為車把變作梨樹的幻術大惑不解……因為選修班的關係，人少一點，課室小一點，我們更親近一點。談課本，也談課本以外的工作、學業、生活、夢想、習慣，甚至我們都不太懂的人生。

四乙班，教你們呢，說沒有沮喪過是騙人的，只是，你們總令人愛恨難分。我記得第一天走進你們的課室時，有一個聲音響起：「呢個『搣時』無大肚，可以唔使咁靜呀。」我心裏暗暗吃了一驚。是誰說的呢？那時尚未認識你們，如果有誰記得自己說過這句話，告訴我吧。不是要秋後算賬，我只不過想滿足一下好奇心。

如今我代課的日子結束了，同學說：『『搣時』，你都冇大肚，做咩要走呀？唔好走啦！留低同李老師一齊教我哋啦，我哋鍾意你兩個一齊教呀。」「留低啦，我哋出人工請你啦。」「為乜要走啫？一開始你都冇話過要走嘅。」聽着這些孩子氣的話，心頭百味紛陳。沒錯，起初我的確沒說過「我會走」，但我不是說過只教十星期嗎？十星期裏，看着你們漸漸進步，好些同學愈來愈用心，作為老師，原來內心真的如此高興。你們都說我心地善良，其實，你們也是善良的孩子，只是愛玩而已，並非頑劣，而且滿有人情味。年輕，誰不愛玩？十星期來去匆匆，就算不願意，我們都必須學習，必須明白，天下無不散之筵席原是至理名言。

能在這段時間裏跟你們建立互信、友好的關係，我心裏萬分感激。這個沒有「大肚」的「搣時」會記得，課堂上那飛脫的鞋、被風吹走的書包、小魔術、容忍的限度、乘勢起鬨的問答比賽、「異性緣好，同性緣更好」的偉論，更多更多，和理科班，一樣要讀中文。

四戊班，雖然只教了你們短短兩星期，兩星期，不過是彼此生命裏一場短暫的相逢。

跟你們一起，我首次淺嘗當班主任的滋味。在這個活潑的班上，我踏出了很多第一次。第一次回覆週記、第一次收到敬師卡、第一次用老師身分開班會、第一次參與編排座位表、第一次對四十多人講鴉片戰爭、第一次……

記得跟大家告別的時候，你們問我為什麼要走，是不是不喜歡教你們？還是覺得不快樂？我怎會不喜愛你們呢？知道你們喜歡上我的課，那是多大的鼓勵。

逐一讀你們給我寫的小字條，走廊上、課室裏，那些間歇響起的笑語、隨時轉換的懷舊流行曲鑽進耳孔，你們胡鬧的惡作劇在字裏行間輕輕浮現。「一日班主任，一世班主任」是你們常常提起的一句話，我想，這就是，在時間的洪荒裏，我們記憶重疊的部分。

將來，我會記得你們臨別叮嚀，囑咐我要穿戴得花花綠綠的回來聽你們引吭高歌，還要收集新的笑話和智力題來逗大家高興。也會記得，你們在我教學三天後對我說：「你把聲都唔會令我想瞓覺，我愈聽愈精神，愈聽愈想聽呀！」。

六甲班，我這人就是不懂得汲取教訓。同類的「謊言」，換個方式，還是會再一次上當。只是，讓人如此窩心的謊言，要我一次又一次的上當又何妨。本以為昨天上課時你們給我唱歌已經是告別式，於是完全沒半點疑心地為早已安排好的詩會作準備。端出中史測驗作掩眼法，我也就大模斯樣地跟中四的同學溫習去，等到你們的呼召再開詩會。回想自己還叫你們小測要加油，真叫人失笑，那時候，你們心裏是不是都在想：呢個「摵時」好蠢呀！

因為有昨天的離別曲，我以為今天就能輕鬆笑着跟大家道別。誰知你們藏得那麼嚴密，密謀讓人流淚。你們預備的驚喜，我都一一接收了。記得那時，沒有選修文學的同學躲在課室外張望，悄悄呼吸我們從門縫流出的愉悅空氣，我們的歡樂文學天地是如此惹人羨慕又妒忌。

十月三日，第一次上課；十二月三日，最後一次上課。最大的轉變，於我而言，是由當初不少同學說討厭新詩，到今天你們說被我感染了，開始喜歡詩，常常想寫詩。多寫就對了，生活裏，每每都是詩。收到你們的手稿，我說，最喜歡文獻。就如我每天都用文字記錄日常。積累下來的字粒，將在我日後回憶往事時，成為一點微薄的憑據。這些日子裏收到的信、心意卡、小便條，我都儲起來了，好使他朝回味，也不只得我自己的字跡那樣單薄。

今天，我第一次，真正擁有在簿面上寫上游欣妮老師的校簿，裏面都儲滿了你們寫給我的詩、信和心底話。如此珍貴。作為代課老師，早就認定學生的習作簿面不應該出現我的名字，畢竟我只是個「過渡」。之前原任老師在記分冊上同時寫下她和我的名字，已經令我感動。因為那除了是對我的信任，也是對我的肯定。雖然自我的存在價值並不只在於別人的肯定和認同，但能夠在工作中、生活裏得到他人的信任，還是叫人感到滿足。

我真的從心裏喜歡寫作，你們說，被我感染了，於我而言，這也是你們對我的肯定。假使有天大家都能夠繼續寫作，堅持自己的理想，我會衷心的為你們、為自己感到高興。只要我們能在寫作當中認識自己更深，並且更切實地感受生活，得到或多或少的快樂，我們便繼續寫。沒有人知道我們最終會不會變成作家，就算最終無法變成作家，至少我們都嘗試過用心、用文字、用我們鍾情的方式感受生活，這一點一滴，都是生命裏不可磨滅的細節。

你們的心思感動了我的心，我會好好記住，曾經跟你們那麼親近。

五戊班，惜別會時已給你們寫過肉麻情信了，若我在這裏又再寫的話，怕你們嫌我長氣。

親愛的猴子們，這段代課時光是我人生裏其中一個關鍵的轉捩點，是你們為我鋪了走向教育道路的階梯。路上有碎石細沙，有動人的風景，更有你們那些堅固我的信心的話語和身影。假使有天，我終於成為真正的老師，我不會忘記自己願意當老師最大的原因是，在我為前路困窘迷惘時，正好遇上了跟我一起成長的你們。

小丸子．聖誕樹．閃令令．矮矮

欣妮老師

初出茅廬

傷心流淚也好，我仍想做摵時。

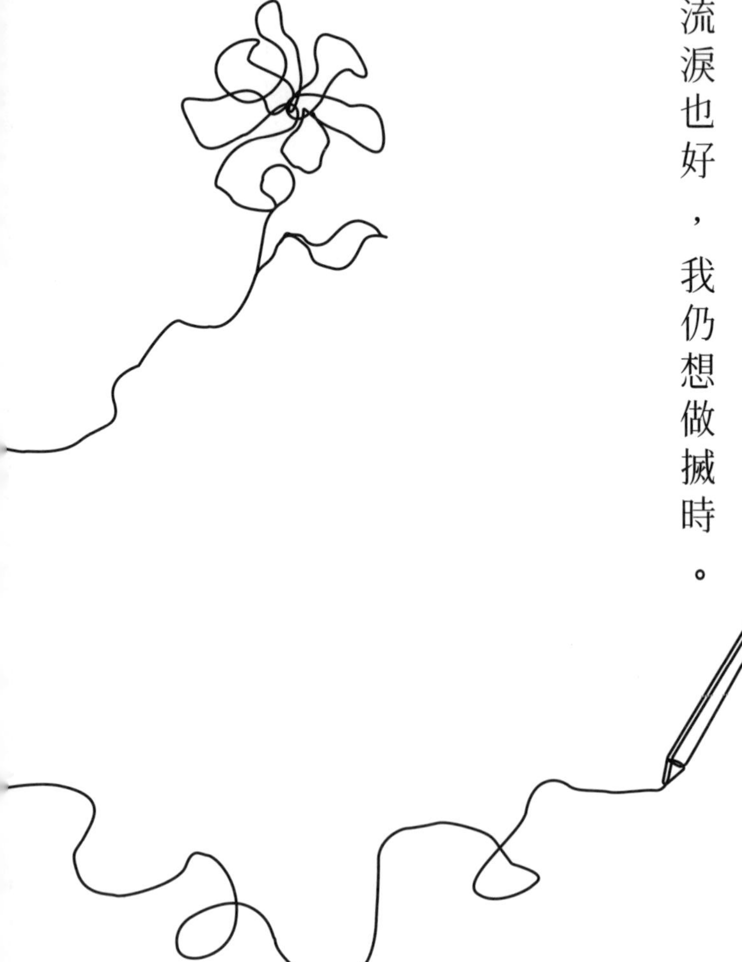

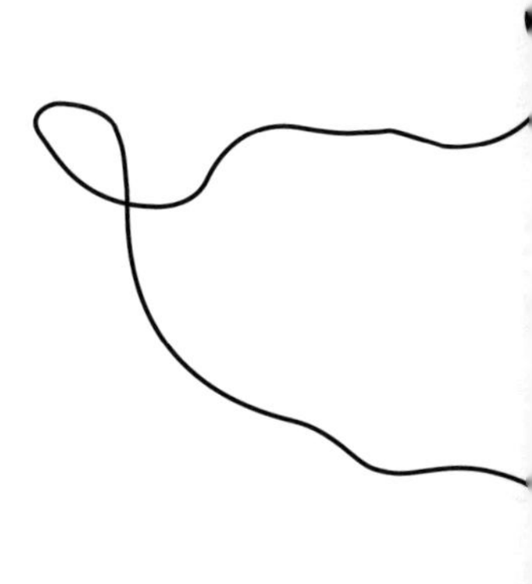

緊張的開學日

（一）

這年要算是我第三年正式做老師了。學校實行雙班主任制，大部分班別都有兩位班主任。第一年我與「電腦專才」老師一同當中一班主任，在我怕得雙腿發抖時有人鎮壓場面、我最弱的資訊科技配套有人一手包辦、錢銀找贖也不用費神……第二年，與猴子一同升班，好伙伴換了，是個「藝術總監」，壁報設計、班旗、啦啦隊比賽等等，總有新鮮突出的意念。

兩年都有功力深厚的老師相伴，帶領我、教導我、照顧我，我真幸運。

今年我升班了，成為中四班主任，新高中課程一切都很新鮮，教學以外，OLE（Other Learning Experience，即「其他學習經驗」）、SLP（Student Learning Profile，即「學生學習概覽」）、DSE（Hong Kong Diploma of Secondary Education，即香港中學文憑試）……搞得人頭昏腦脹，而且同時要任教中文、文學、普通話，三科加起來，任教的學生跨越好幾個年級。

除了教學和班主任事務，我還要帶領學生活動，包括領袖訓練、公益少年團義工隊。我把來年工作寫成長長的字條，不禁嚇了一跳。

噢，還有，這年的好伙伴是個非常高大的新同事，他比我高四十厘米呢，猴子們定要取笑我吧！我不怕成為惹人發笑的對象，倒是為好伙伴擔憂。其他新同事都能分配到與經驗豐富的同事做班主任，這位盡責的巨人伙伴遇上我，我只能為他感歎——他初來乍到，真的遇人不淑了。

（二）

陳奕迅有首歌叫《全世界失眠》*，第一句就是「想起我不完美 你會不會 逃離我生命的範圍」。

失眠的時候，我想，這一句啊，給我的學生聽，多麼匹配。

開學日，好伙伴和我提早到課室，一切都準備就緒，但我們還是希望早點去等，等學生到來。

第一個走進來的學生，是凶神惡煞的「大細路」，然後是搗蛋才子。那時，我們還未知道，眼前這個凶神惡煞的彪形大漢其實是個「大細路」，更沒想過，以搗蛋聞名的小子原是「文學才子」。二人相遇，歡天喜地的再續前緣（去年二人同班）。此時此刻，課室裏最緊張的，該是我們兩位班主任吧。

忽然，搗蛋才子情深款款地對凶神惡煞大細路說：「我們今年要一起努力呀！」相當深情，也相當老套。

這一年，就這樣開始。

（三）

原來是做慢些更細心更浪漫
人為什麼會覺得太麻煩
誰明做盡些也快些到極限

——王菀之《低科技之歌》**

開學一星期了，我有許多做得不夠好的地方。

我的腦筋相當差勁，記性愈來愈壞。有天，早上不夠時間派書，打算待午膳時抽空派發，結果等所有同學都放學後，我才在班櫃裏發現那堆書，一本都沒有派。

工作上，有時我總是很心急，擔心時間不夠，無法把要做的事情做完。列出長長的清單，我一直對自己說，做快點做快點，只可以加速，不許停下來，要有時間「走盞」，千方百計避免失預算，但結果難免有些事情落得如此下場——做完又改改完再改。

這樣的追趕，也許給同事加添了壓力吧，真抱歉。我原意並不是要給任何人施加壓力，也不打算要求別人凡事都盡快辦妥，我不過是按捺不住催逼自己要盡全力做到最好。要提早完成和有充足準備，其實不過為了滿足「一己之欲」，想感覺安穩而已。老師們不時關心我，鼓勵我嘗試把放在學生身上的那份耐心轉移到自己身上，放自己一馬。

唉，我這緊張大師，為人為己，真要好好學習慢慢來了。

*《全世界失眠》，作曲：陳偉，作詞：林夕，主唱：陳奕迅。

**《低科技之歌》，作曲：王菀之，作詞：黃偉文，主唱：王菀之。

ＭＶＰ的裝修夢

ＭＶＰ，徹頭徹尾是個善良的懶人。怕傷害人，卻總是有意無意的傷了別人的心。有時為了逃避，撒小小的謊，然後又感內疚，想要補償，想要贖罪。「將來無論你想做什麼，做裝修師傅也好，運動員也好，都要有承擔。逃避算什麼男子漢？」我總是這樣說。

在運動場上的ＭＶＰ，才是他真正的自己，那一刻，他的目標最清晰。籃球場上，他的目標是入球；跑道上，他的目標是盡快衝過終點，堅定而明確。我常常鼓勵他：「我們可以包容，可以遷就，但斷不能因為別人的寄望和想法而放棄自己的目標，扭曲自己的心意，扼殺自己的夢想。人各有志，你又不是要做壞事，需要的是體諒、明白和協調，怕什麼？」

我鼓勵ＭＶＰ除了聆聽、接受父母的意見，也要把自己的想法告訴家人，讓他們有嘗試理解ＭＶＰ的機會。「如果你不說，家人永遠不會知道，更別談什麼懂不懂了。」

我無法確定，ＭＶＰ散漫、難以集中的原因為何，是因為他認為無論如何，始終無法達成夢想？還是因為他壓根兒未有堅定的決心？我只感到，要讓他找回追尋夢想的自由意志。

有一天ＭＶＰ問我：「『摵時』，你有冇諗過做校長呢？校長人工一定更高，又可以話事，唔使畀人點。」

「沒有，也不想。」我堅決地說：「因為我深知自己能力不足，也沒有興趣做校長。做一個小小的教師，我也可以要求自己更稱職，更專業，而非純粹奢望別人無條件給予我更高更優厚的待遇。而且，只要有自己的想法和價值判斷，有需要時就會堅持，不會盲目『被點』。做什麼都好，能力、興趣和意義，都是我們要考慮的因素。」

「我諗過㗎喇，我真係想做裝修。」

萬事起頭難，我們不要介意從低做起，試問有多少人一出生就天生是老闆？有很多人可能一輩子都不會成為老闆，甚至有機會也不想成為老闆。

「係呀，我都諗住由低做起，髹油、灰水樣樣都學吓。」

「『搣時』阿 Sir，第時如果要買樓呢記得搵我。」大細路忽然插話。

「去佢度買完樓，就搵我裝修，咁就正喇！」ＭＶＰ補上一句。

「我哋兩兄弟拍住上！」

ＭＶＰ，深願你記取，這天你願意從一個小小的卻專業的裝修師傅做起，不輕看自己，不輕看任何人，不以位高權重為終極目標，只求努力做好自己的本分。

假使將來某天你告訴我，「『搣時』，我依家做緊裝修呀。」我將深深的為你感到安慰。

大細路的屠龍刀

「『撳時』，我又唔見咗把屠龍刀喇，尋日放學先買，用咗唔夠五分鐘，返到屋企先發現漏咗喺巴士。」幾天前大細路跟我說。

「屠龍刀唔見吓一把，唔見吓又一把，你仲點斬妖除魔？」我假裝揶揄他。

這兩星期天氣反復，時而陽光普照，時而大雨滂沱。今天才星期五，由上星期五算起，大細路已丟失了三把屠龍刀了。五天只丟三把，而非五把，究其原因，其中一天是大細路出門前忘了帶屠龍刀「傍身」，另一天則歸功大細路本人當天忽然時刻惦記屠龍刀的去向。所謂屠龍刀，就是雨傘。

大細路酷愛玩樂，熱衷於打籃球，對朋友義字當頭，兩脇插刀在所不辭。在球場上，他比誰都積極，好幾次為了飛身搶救籃球而受傷也視作等閒。有一次他的小腿擦去一大塊表皮，汗水和血水混和着，紅紅的肉像正解凍的火腿，好不嚇人。惟一他會極度抗拒的，就是持之以恆地追求學問。這一點，叫我大傷腦筋。我常說，我們不是要考第一，但我們至少要達標——平平安安「碌」過關，然後將來無論升學或就業，除了被挑選，也有選擇的本錢。奈何大細路的堅持好比天氣一般反復，時晴時雨，積極的時候，一天連續溫習數小時也毫無怨言；消極的時候，哪怕只不過十五分鐘，也叫他如坐針氈。

高中課程所學的比初中的來得深奧，要重新適應確有難度。結果，第一次測驗，大細路的成績直線下滑，大大打擊了他的信心。「不要怕面對失敗！」說易行難。有一段時間，這傻小子的心聲簿（即雙週記）寫得相當頻密，好伙伴和我慶幸能在文字上更深入認識他。

大細路一向予人壞蛋形象，但我們都不介意，讓他當男班長。我給他的第一個任務，就是捍衛我們班的粉筆盒，不要讓它淪為被摧殘的玩具。雖然已是高中學生，而且個個壯碩如山，但他們的調皮搗蛋，相比初中生更是有過之而無不及。

「『摵時』，呢度有妖氣，等我哋嚟，你避一避。」

不只一次，他拿着直傘在課室裏「斬妖除魔」，不打在同學身上（我不在時會不會打在同學身上呢，就不得而知了。），只在空氣裏亂晃亂劈，配合抑揚頓挫的聲效，刀光劍影舞刀弄槍似的，彷彿真的處處有「妖氣」。

烏雲密佈，綿密的雨開始落下，「那你今天有傘嗎？」我問他。

「阿媽話我帶親遮都唔見，唔畀我帶喇。咁都好，淋吓雨好過日日冇幾廿蚊。」大細路倒說得輕鬆自在。

「你真傻，如果惹傷風要睇醫生就要畀二、三百蚊。不如以後改帶縮骨遮，每次用完立即放返入書包。」

「着雨褸啦，金鐘罩呀！」說這話的，正是平日與大細路一同「驅魔殺妖」的ＭＶＰ。

美味天王伙頭仔

伙頭仔常有精彩的比喻，出奇不意，叫人為他的創意眼前一亮。

平日放學要打掃課室，他總會身先士卒去幫忙，就算不是輪到他履行「社會服務令」（這是讓搗蛋鬼將功補過的措施，所謂社會服務令，其實不過是打掃），他也樂此不疲地一邊打掃，一邊跟我們閒話家常。雖是男生，卻常開玩笑自稱清潔姐姐，更呼朋引伴一起加入清潔姐姐行列，可說視打掃課室為己任。

「啱啱啱，幾個姐姐一齊嚟清潔。」

幾位女同學大呼小叫：「邊個要做姐姐喎，亂咁嗌！」

開學個多月，伙頭仔已盛意拳拳的邀請好伙伴和我到他家作客。他親自下廚，為我們烹調一頓美味佳餚。伙頭仔廚藝了得，我們到他家吃飯當晚，有海鮮、燉湯、青菜，我在廚房外看着他穿起圍裙，專注地剁蒜蓉準備蒸蝦，又手起刀落斬蟹，「篤篤篤篤」的，刀法俐落，顯然是慣入廚房的人。席間，我們跟伙頭仔一家愉快交談，也知道了許多伙頭仔的童年往事，整晚氣氛和諧，好不暢快。伙頭仔年紀輕輕，烹調手藝確是一流，難得難得。

後來好伙伴和我有機會到大細路家作客，大細路自感平日「好事多為」，竟心存忐忑，坐立不安，他先向媽媽備案，把平日在學校的小淘氣事和盤托出，事無大小包括欠功課、「走佬」、講粗口等都一一自首。伙頭仔見大細路擔心，以一副「過來人」的口吻安慰道：「唔使驚，『摵時』同阿 Sir 唔會講你壞話㗎，淨係講你啲好㗎咋。」

「你就話有好嘢啫，我冇乜好嘢畀人講。」

伙頭仔更以種水痘比喻家訪：「你當係種水痘囉，種咗一次就免疫㗎喇。」後來種水痘更成了風靡一時的流行語，每當有同學表現頑劣，大家便笑問：「係咪想『摵時』同阿 Sir 去你屋企種水痘呀？」聽着教人不禁會心微笑，倍感親切。

說到伙頭仔的個性，不得不提的是他的開朗豁達。一次我以〈吵架〉為題，讓他們寫作散文，伙頭仔在文中大歎許多爭端盡皆無謂，說行事為人應「凡事忍一忍，讓一讓，讓事件像放屁一樣，臭一下就沒事了。」字裏行間流露一種「抵死」的幽默感，也顯出其凡事盡量包容忍耐的主張。伙頭仔簡直是大家的開心果，同學們都喜歡他。

有時頑固的同學犯錯了，惹得老師暴跳如雷還要駁嘴，伙頭仔便會勸同學：「你做錯了，被罵是應該的，你閉嘴吧，還有什麼好爭持呢，難道責罵你老師會很高興嗎？怎麼不見老師罵別人？你還是不要『死撐』好了。」

如果要說伙頭仔的缺點，就是不愛認真做功課。而且豁達的個性使他有時太不修邊幅，對學業愛理不理，要是碰上有乒乓球賽的時期，他更是罷黜百家，獨尊乒乓球，裏裏外外是個乒乓球迷。於是，為了提升這位專業乒乓球手的學術水平，伙頭仔也成了野豬隊的重點成員＊呢！

＊「野豬大改造計劃」成員的統稱。此計劃乃伙伴與我為培養學生建立良好品格及行為而共同設計的獎勵計劃。

搗蛋才子的自家品牌

「你嗰班真係好錫你！」老師對我說。「到年尾你會唔會唔捨得佢哋？」我笑笑說會，心裏想：我單是想像一下跟他們分別的時刻，捨不得的感覺已擴散開來了。

星期一早會，平日高中班級集隊的地方空出了一塊，我看見其他級別的同學整齊列隊，忽然醒覺我那班中四的猴子今天因外出考察而不用回校，頓覺自己像個無主孤魂一樣，只有無以名狀的空虛伴隨。

翌日輪到我參加校外研討會，又無法與猴子相見，空虛的感覺更見實在。

星期三回校，發現教員室的辦公桌上放了幾張非常有個人風格的圖畫，我一眼就認出是哪位「大師」的名作，上面還寫着（P.S. 給欣妮的）。我把這幾幅畫放進文件夾裏，帶到課室去。

「點解送幅圖畫畀我嘅？」我問搗蛋才子。

「上星期激嬲你呀嘛，你知我有時一日激你幾次㗎啦！」

「唏，你知就好，你唔好激我咪得囉！」

「咁又唔得，唔係咁好嘅。嘷，唔准送畀第二個㗎！」

「咁我可唔可以畀其他人睇吓？」

「呢個係我同你之間嘅秘密，你鍾意咪講畀人聽囉，唉。」任誰都聽得出這是假裝出來的酸溜溜的腔調。

「你畫嘅赤兔馬同立方獸咁有藝術風格，我想畀人欣賞呀嘛。」

「識貨喎老游，我遲早建立自家品牌，打入國內市場，再開拓國際市場。呢幾張真跡好值錢㗎，你咪四圍掉，畀人執咗你實喊住叫我再畫畀你。」

「邊個畀你嗌我老游㗎。」好幾隻猴子整天胡亂為我起新名字，游仔游女豆釘等幾十個，古靈精怪。

「你話唔畀嗌游寶寶呀嘛，咁咪嗌老游囉。所以你唔好再話我畫花你本文學書喇，你攞出去賣，好多人搶，藝術品嚟㗎！」這小子完全陶醉在自己的藝術世界裏，樂而忘返。

搗蛋才子雖是文學科首名，但對於做功課的誠意，絕對欠奉。要他寫作的話，不論文筆或是論點，都極盡賴皮之能事。他有小聰明，愛玩，其處事作風可用四字形容——自由奔放。感到熱的時候，他隨意解開鈕釦乘涼；只要他歡喜，就隨時大展歌喉，教人「聽出耳油」。他這種愛以惹笑姿態示人的個性，為大家增添不少歡樂。口甜舌滑的搗蛋才子，可說是伙頭仔以外，另一顆開心果。

這淘氣鬼的惟一目標就是保住「才子」之名，無論如何他誓要保衛「文學第一」的寶座，在應考文學之前的日子，是他最勤奮求學的時間——認真製作個人筆記、忘形背誦，「強逼」我為他補課。

還記得那次考試前，搗蛋才子好幾次約我補課，恰巧都是我要辦活動或開會的日子，我只好再三推卻他。萬料不及的是，他竟義正詞嚴的責備我：「一日推一日，明日復明日，明日何其多，下個再下個星期就考文學喇，你咁樣推推吓我唔使補喇！咁點考試喎！你咁大個人，做事要分先後，有緩急輕重㗎嘛！」

平日我用來訓勉他們的台詞，今天竟被濫用。見他如此着急，我便抓緊時機，打蛇隨棍上：「要補課都得，但其他科嘅功課都要做返好，你溫咗其他科之後，就可以溫文學喇。畀你文憑試文學科考到幾叻都好，唔讀其他科，你一樣甩手甩腳得個吉。所以如果你唔溫其他科，就以後都唔好叫我幫你補課。」為了保住「才子」這虛銜，他只好乖乖就範。

上星期這搗蛋鬼缺席，回來後借了我的文學書抄筆記，竟把我的書當畫簿，畫了一隊形態各異的立方獸，並在旁以文字逐一介紹，氣得我直跺腳。「唔好嬲啦游仔，呢啲係我同你嘅集體回憶嚟㗎。」惹人生氣還敢一臉委屈，可惡。

「淨得我同你，算咩集體回憶！」

從開學到現在，搗蛋才子的筆記簿、默書簿、習作簿、文件夾上，隨處可見大大小小的赤兔馬和立方獸，偶爾還有關羽、張飛等，甚至有劉關張桃園結義圖。有一次，搗蛋才子的好友MVP翻開手冊，赫然發現欄目上畫了幾十頭大大小小疑似赤兔馬的東西，氣炸了肺。

這次才子把赤兔馬和立方獸畫在獨立單行紙上，算不算進步？

超級失魂魚

「我以為影印本都交得。」失魂魚以半笑又半抱歉的語氣說。

自從這件事發生後，他不再以失魂魚自居，反為自己起名「影帝」。

前一天失魂魚留在功課班磨蹭，久久未能完成習作，轉眼已到七時許，歸家心切的失魂魚得功課班老師批准，前來找我，並請求我讓他把習作帶回家，保證明天早上集隊前會把已經完成的功課親自呈上。我本打算跟他說早上班務時段交給我便可以了，但見他誓神劈願說要七點半前回來交功課，我便說好，還清清楚楚提醒他要寫兩頁。

豈料翌日早晨發生的事實在叫人大感被愚弄的無奈。

莫非因為我太輕易答應讓這尾失魂魚第二天才補交習作，他便以為我「求求其其是是但但」？

當失魂魚來到我面前，他遞上的，竟是一份影印本習作！這份習作不過是硬筆書法字帖，用鉛筆臨摹三十個成語，讓大家練練字，不算需要「勞動腦筋」大費周章，竟然也要影印？未免欺人太甚吧！

「我以為影印本都交得。」

「邊有可能以為功課可以交影印本？你唔拎啲銀紙去影印睇吓洗唔洗得？」聽到如此賴皮的反駁，我怒氣沖沖的說道。

「哎呀，我誤會咗添，今日放學補做返呀。」

「尋日你交唔到，就話放學做，放學做唔到，又話今朝交，依家又話放學做，分明敷衍我，拖字訣有效㗎，你死咗條心。」我連珠炮發。

最後定案是，失魂魚午膳時在課室吃完飯後，要繼續留在課室完成字帖。我會到場「監工」，不容有失。失魂魚並沒因此而憤怒，還笑嘻嘻的把自己的「惡行」告訴同學，自詡「影帝」，不是因為他演技好，而是誤以為可以交影印本功課。

回到教員室後，坐得較近門口的幾位老師笑說：「你竟然在怒火中燒的關頭想到『你唔拎啲銀紙去影印睇吓洗唔洗得？』的反問句，實在有趣。」我這才意識到自己可能太激動了，非常尷尬呢！

隱形書包

陸運會第一天午膳時間後，影帝匆匆忙忙又帶點慌張來找我，緊張兮兮地說：「『摵時』，我個書包唔見咗！」

大件事，書包不見了，要往哪裏找呢？

「你什麼時候發現書包消失了？」

「吃完飯回來，我跟他們在運動場上玩了一會兒就發現書包不見了，即時來通知你！」

「你曾背着書包到其他地方嗎？有沒有在座位附近找找看？」影帝素來以健忘見稱，曾有三星期內八次遺失飯壺的驚人紀錄，大概因為每次都失而復得，以致影帝對失物都不以為然。他曾說：「次次去校務處就搵得返，連啲飯都仲喺度。」影帝相當有趣，他不擔心飯壺失蹤，但會在隔天找回飯壺時憂慮其他人因看見他帶兩個飯壺而誤會他很「大食」。

「真的沒有。我已把方圓十里範圍找得清清楚楚了。」既然影帝說得斬釘截鐵，我也不便拖延，馬上去找書包。

「你的書包是什麼顏色的？有何特徵？」

「黑色。」

「有沒有什麼特別？」

「呀，不是，好像是紅色的。」

「不是吧？連顏色也不肯定？想清楚是紅還是黑？」早就說影帝健忘！

「黑中帶紅，紅中又帶點黑，唉，其實我也不太確定，書包是新的，『摵時』你就幫我找一找吧。拜託你。」

起跑召集處、終點計時區、熱身區、失物認領處、紀錄室……我一一打探，就是沒有找到書包。遍尋不獲。我只好到失物認領處登記，希望有好心人拾得影帝的書包，物歸原主。

難得影帝豁達，書包不翼而飛並未有影響他玩樂的心情，他仍舊跟友伴嬉鬧，聲嘶力竭的呼喊，即使場上沒有他認識的運動員，他也和友人忘形打氣。

我在司令台宣布，間或到失物認領處探聽有沒有影帝書包的下落。奈何結果都是叫人失望。到底書包跑到哪兒去呢？

皇天不負有心人！我終於找到書包了！影帝不是正背着書包嗎？在往洗手間的路上，我碰見幾位打算到小食部「開餐」，大快朵頤的同學，其中一位正是影帝，而他背着的，不就是那黑中帶紅紅中帶黑的書包嗎？

「影帝，你找回書包了？」

「找回了！剛才忘記告訴你，SORRY 呀『摵時』。」影帝好生抱歉，有點尷尬地搔搔頭皮。

「你在哪裏找到書包？」

「說起來真搞笑！原來書包就在我的腳邊，與大家的書包堆在一起，不過因為書包反轉了，平日貼近背脊的一面向天，我便認不出書包了。後來石仔到書包堆中拿自己的書包，我才看到書包的正面呢！哈哈哈哈，他們都笑我，你都不知我有多激動！『摵時』你說是不是很搞笑？」

「我當然不知道你有多激動，你都沒來告訴我。我走來走去都找不到你的書包，你不曉得我有多失望。你趕快前前後後的看清楚自己的書包，不然待會又要以為書包失蹤了。」

這樣的事真叫人難以置信。影帝呀影帝，如果不是親身經歷，我也不願相信會有學生大意善忘如此。

唱片騎師

我是老師，也可以把自己當成唱片騎師。

「我諗，我都有少少潛質做 DJ，只要我當你哋透明，或者將你哋幻想成錄音室入面嘅牆，我就可以自己講講講。平時大家上堂，就好似聽收音機，都係一路做其他嘢一路聽，聽到好笑就笑吓，播到啱聽嘅歌就跟住唱吓。有幾多人真係坐定定聚精會神咁聽收音機？不過我把聲唔夠 DJ 靚，我又唔夠人哋專業，惟有要大家將就吓啦。」

我曾這樣對學生說，在他們無心上課、魂遊太虛的時候。

「哈，『摵時』你又講得幾啱嗬，平日上堂時你會播歌，之後講書，或者講完先播，簡直就係《有誰共鳴》（商業電台節目）！」

既然大家想我做唱片騎師，我只好盡力幻想自己是節目主持人，不管聽眾的反應如何，只把準備好的一切順着自己的安排播放，想講話的時候講話，想播歌的時候播歌。聽眾們隨心所欲，魂魄隨時歐遊，隨時與周公子周公主弈棋談心，反正我也管不了。惟一要注意的，就是不接聽眾電話，狠下心腸切斷所有互動的機會。

若是如此，以後上課，大家不用起立，我要模仿專業節目主持人的腔調：「大家好，我係你哋嘅節目主持人游欣妮……」或者說：「又到ＸＸ點，又係我游欣妮為你哋主持節目……」或活潑跳脫，或情深款款，或憂鬱感性……

唉，難道我真的渴望把自己當成唱片騎師嗎？我希望課堂是互動的，有時我講課，有時讓學生發表意見，不然我不曉得他們想什麼，也難以猜測他們到底是否明白我在說什麼。

而且，誰又會喜歡自己用心對人講話時不被聆聽的感覺？我說，就是希望你聆聽啊，不過是很基本也很直接的想望而已。莫非也是苛求？

如果我真的要催眠自己，把自己當成不專業的唱片騎師，不用太在意聽眾的即時反應，我想，我定必感到度日如年吧，而這也太冒犯了唱片騎師的專業呢。

猴子，如果我真的有把教師的工作當成唱片騎師主持節目的想法，那麼，我肯定不可能成為專業的唱片騎師，更不可能是專業的教師。你們明白嗎？

他們不是你的兒子

那天，當我面向大家說話的時候，我感到自己的心、手、身體、甚至嗓子都在震動。對於大家的行為感到晴天霹靂之餘，也有無法止住的心痛。

我看見班上既有一直默默耕耘的同學，也有知過能改、知過不改和不知過也不願改的同學。是不是由始至終不過是我一廂情願勉強大家做個誠實良善的人？

我固然為明知故犯的同學感到難過，也與其他被影響的同學一同感到失望。我說：「當別人提及你們的時候，你們希望別人用哪些言詞來形容你們？又冀盼在別人心目中留下怎樣的印象？」

「為什麼要一而再，再而三的踐踏別人對你們的忍耐？作為班主任，我只覺自己與你們集體犯錯。錯在我沒有好好教導你們。」我緊握着拳頭，只見你們的頭垂得更低。

欠交功課，錯；擅自塗改欠交紀錄欺騙老師，再錯；惡行敗露後出言欺侮老師，大錯特錯！你們只會埋怨功課又多又難，可有想過老師要批改幾十份習作有多疲倦？即使你們胡亂做，老師也是用心批改的，你們有否想過科任老師的苦況？」

此刻你們迴避我的眼光，是因為厭倦了我的話，還是因着自己的行為感到慚愧？

「你們真的本性如此嗎？非這樣做不可嗎？」

面對我的連番提問，大家只管低頭，沉默無語。

放學鐘聲早已響過，相對無言，空調低鳴，沉默凝結了課室的空氣。「棒下出孝子，慈母多敗兒，我想，我要再次反省，再次面壁，靜思己過，好好學習與你們的相處之道。回去吧，我無話可說了。」

大家默然，未有離去的意思。我對好伙伴說：「我沒什麼想說了，你呢？」好伙伴搖搖頭。「你安排他們解散吧，好嗎？」我靜靜坐着，好伙伴對他們訓話了幾句，班務時間便結束了。

有人靜靜散去，有人劃破靜謐的空氣，喧嚷着開儲物櫃，也有人低吟埋怨生事者，我默默地收拾桌面，把散亂的粉筆逐一撿起放回粉筆盒裏。理智的同學前來安慰我說：「『摵時』，他們不是你的兒子啊，不用傷心。即使你教完，他們也會忘記得一乾二淨。」

聽了此話，我更覺一陣揪心之痛。何以我不是你們的媽媽，又會恨自己慈母多敗兒？何以我本應曉得有些人可能只是生命裏一陣掠過的風，又偏偏要費盡心神用力去抓住這陣風？

我不過是一個平凡且微不足道的人，一個普通老師，我的能力如此有限而微小，難道終有一天我要學會聽任自然，無為而治，任由風隨意流動，再也不嘗試伸出手去抓住那些抓不住的一切？

我多麼害怕，這樣的一天的到來。

「你是雙面的！」

這是叫我念念不忘的一件事。

昨天的風波尚未平息，今天課室仍有僵持的熱度氤氳。賞罰分明於我而言是必須堅守的重要法則，我實在沒理由把昨日的事統統抹去，當作從來未有發生。況且，讓學生學習解決問題，也是培養責任心的一種方式。

我深知，大部分涉事同學願意用行動作出補償，在昨天放學前的班務時段已急忙自動補交習作，並計劃今天上課前派代表跟科任老師交代事件。只是，尚有三數位同學冥頑不靈，聲言自己毫無責任，即使對科任老師惡言相向，也不過是迫不得已。

這幾位同學確實叫人傷腦筋。我平靜地說：「今天午膳我來找你們吧，我想跟你們聊聊天。」「哦。」「點傾我都冇錯㗎啦！」，另一人以沉默回應我的邀請。

鐘聲響起，早上班務時間完結，我深深歎一口氣，趕往另一課室上課。

好不容易熬到午膳，一直擔憂着要如何引導這三位自我中心得可怕的同學直面自己的錯誤，我沒把握讓他們心悅誠服地承認自己有做得不對的地方。

果然不出所料，這三位「意志頑強」得驚人的同學根本不願承認自己的錯。「我都有人權，點解無權選擇做唔做功課交唔交功課？我都有自由㗎！」

同學，你們就是太自由了。直到午膳完結的鐘聲響起，他們還是堅持自己沒做錯，但願意補做功課。

「我當畀面你先係咁意做吓咋。」

午膳後是文學課，我整節課都悶悶不樂。班務完結，搗蛋才子把他畫的畫遞過來給我看，說：「『摵時』，你睇吓，佢唔開心呀。」我看看圖畫上那面容，扁着嘴，滿臉淚珠。我輕輕「唔」了一聲，因為怕自己開口就會忍不住哭。

接着他說：「『摵時』，你睇吓，佢雙面㗎。」我再看看，那圖畫已變成咧嘴而笑的面容。這次，我連「唔」都不敢應了，只輕輕點一點頭。搗蛋才子把雙面人圖畫夾在我的文學書裏，便直往籃球場奔去。

我撥弄這張紙，發現這張用來畫雙面人像的紙，原是我班壁報板上印有品德格言的裝飾紙。真叫人啼笑皆非。

直到現在，這幅雙面人圖畫，仍然放在我的辦公桌上，我用小夾子把它夾住，抬頭就能看見這張安慰人心的溫和的臉。

怎樣說謊不叫你傷心

猴子謊話連篇，演技爐火純青，完完全全把人騙倒了。這次我也真的動真氣。我不氣他欠功課、違規，我只為他的不長進而動氣。嚴詞斥責過後，怕傷了他的心，又怕他不痛不癢。然而，訓斥過後，孩子幾句單薄的「唔」，似乎顯得他真的不怎麼在乎，偏偏我卻「唔爭氣」地忍不住躲起來哭。

我明白，如果不着緊，自然刀槍不入。只是，因為我真的在意，於是，孩子那平白單薄的對答都能讓我感到受傷。何況事情本來已有那麼實在的重量呢，我無法明確地描述那種重量，只是覺得心揪住揪住痛。

孩子，你怎麼能利用別人的同情心欺騙人，意圖逃避責任？

事後猴子問我：「『摵時』，講咩大話，或者點講大話你先唔傷心呀？」

因為一個人與另一人有一定的感情基礎，所以當其中一方說謊時，另一方會傷心。

想要不傷心，方法有二，

一：不說謊；

二：不要有感情基礎。

所以，猴子啊，不要問我說什麼樣的謊話才不令我傷心。「講咩大話」和「點講大話」這兩個前設，已經證明你有準備說謊的心思了，只是未決定何時說謊而已。說謊這玩意，真的有必要嗎？若然非必要，徒費心神去思考、處理、承受隨說謊而來的一切後果，又何必呢。更何況你們也知道，欺騙「摵時」等同登徒浪子，想要免除登徒浪子的名銜，謝絕任何謊言是上上策。

要是無法做到不說謊的話，很簡單，我們不要有任何感情基礎，一切公事公辦好了。這樣的話，就沒什麼傷心不傷心了。

集體逃走

這天，是歷史科重考的大日子，也是個教人心酸難過的日子。

平日課後有重考或留堂活動等，我都會在放學前集合相關同學一同到留堂地點，免得有漏網之魚。

所謂「十年唔逢一閏」，當天我剛好要接見一位家長，連放學前的班務時段也不能參與。思前想後，我說服自己，應該信任學生，而且他們已經長大了，絕對有足夠能力自動自覺去禮堂重考，所以把心一橫，打消了「挾持」他們去重考的念頭。

結果，有好些人逃走了。

集體逃走，完全是意料之外、情理之外的事。

見家長過後，便收到你們「集體走佬」的消息，我的心如墜了鉛，直沉到底。晚上更是輾轉反側，徹夜難眠，愈想愈覺得頭痛欲裂。忽然明白為什麼早上已開始感覺頭重腳輕步履飄浮，原來是預兆，因為我要在你們逃走後適應更嚴重的暈眩。

隔天，當歷史科老師在禮堂訓示集體逃走的同學時，我感到很難過。我覺得自己也做錯了，而且大錯特錯，我非常後悔沒有親自「護送」猴子們到禮堂出席重考。猴子，你們理應承擔責任，但作為你們的班主任，我也責無旁貸。

歷史老師嚴厲地說：「你哋咁不負責任，就咁走咗去，唔單止令我唔開心，更加傷心嘅，係你哋嘅班主任。你哋有冇諗過，平時班主任係點教你哋㗎？」老師每一句話，都擊中我心坎，我站在你們身後，看着你們的背影，鼻子酸酸的，眼淚不禁潸然滑下。

猴子們，為什麼要「走佬」呢？而我，為什麼會相信你們？

你們知道嗎？你們的歷史老師，也是我的中史老師。從前我讀書的時候，不曾被老師如此嚴厲地責備。我真的不敢想像，被罵過後你們會否反省改過。

事後老師拍拍我的肩膊說：「錯的並不是你，不要把所有事情都往自己肩上扛。他們要負責任，承擔後果。這也是一種學習。」

許多時，教學就是一廂情願的痴心錯付，我總是那麼輕易的就付出痴心一片，忍不住要對你們照顧周到，所以我還是有不可推卸的錯。這個不稱職的「摵時」，是活該傷心的。

搣時發火

學期考試快到，大家被強制留校溫習，於是欠功課的毛病又發作。連續兩次，我派出去的習作都有多人欠交，或者因為我安排的功課特別適合拖欠吧，我真的失望透了。

一星期我總有兩、三個晚上要趕到大學上課，以致猴子的「債務日日清」計劃逼不得已變成「債務一筆清」，真不知是進步還是退化。

持續有人欠功課的日子，叫猴子和我都感到挫敗。畢竟，誰喜歡「債務」纏身，每星期都要進行一次「債務重組」呢？

為了表示我會認真處理長期欠功課一事，這幾天我只得跟花果山的猴兒公事公辦，只教書，講完課就追功課，課堂上下課後也不開玩笑，不聊天。因欠功課而要留校還債還利息的猴子，我也沒與他們聊上半句閒話。

這天，我把須留校「債務重組」的名單寫在黑板上，一隻猴子忽然嘀咕：「小學時我都唔使做功課嘅！」我假裝聽不見，走到這猴子的旁邊，翻開他的書，對大家說：「打開《楊修之死》，我哋繼續睇吓楊修嘅故事。」

「小學老師就算畀功課，都可以唔使做㗎！邊似得依家，日日都要做功課。又要默書。我以前默書次次都唔溫㗎啦！」猴子見我不痛不癢毫無反應似的，逐步提高聲線。

「咁好嘅，點解你小學唔使做功課嘅？」終於有同學按捺不住要參與討論。

「啤，唔做咪唔做囉，我唔想讀書，冇人逼到我！留我堂？我要走，邊個都留唔住我！」

「同學，請專心上堂，我唔希望有人覺得『就算讀咗都係炒㗎啦』，然後就我有我講，你有你講。我哋有共同目標，要一齊及格嘛！」

猴子大概感到他的話刺着了我，說得更見起勁，小學怎麼怎麼的，我提示他幾次，他都視若無睹，詐作不知。

於是，我一邊若無其事地講課，一邊把這發牢騷的猴子的文具放進他的筆袋，然後把筆袋放進他的書包。

「噓，你唔好再講喇，『摵時』嘞喇！」

「哼，小學時老師鬧完我都唔使我做返功課！鬧完我都由得我唔聽書！」

我再把猴子的書合上，放進書包裏，拉上拉鏈。

「你係咪想返返小學讀書？我幫你執埋書包，落堂我即刻打電話請你家長接你走，話佢知你想去小學報名。」我板着臉說。全班鴉雀無聲。

「你咁懷緬小學嘅日子，我希望小學願意收返你。打畀你爸爸定媽媽方便？」我從容不迫的繼續。

「阿爸阿媽都唔方便！」

「咁我兩個電話都打，請佢哋有時間就過嚟學校。」

「啤！你都唔知我阿爸電話！」

真不妙，這一刻我確實不知道他父親的電話號碼。「唔緊要，教員室入面有電話簿，我實搵到。不過你返小學要着短褲，仲要坐矮凳，高人一大截，你唔介意就得喇。」

「講笑啫！我點會返小學！」猴子急忙把書包裏的筆袋、課本和原子筆拿出來。

「反正你咁懷念小學，為咗令你可以開開心心咁返學，我要將你嘅意願話畀你爸爸媽媽知。」我氣定神閒的把他的原子筆放回筆袋裏。

「唔使咁認真，你不嬲都知我鍾意講笑！我哋繼續上堂！」猴子嘗試打圓場。

大概猴子意識到事態嚴重，這一課他正襟危坐的，一副認真學習的模樣。

相處了數月，我熟知孩子氣的他久不久就要發脾氣，也曉得他的父親對他要求嚴格。經此一役，我把心一橫，背了他爸爸的電話號碼，日後，每次他作怪或鬧情緒的時候，我便背出電話號碼的頭幾個字，算是「收服」這猴兒的一個小方法。

這容易鬧情緒、愛發牢騷的猴子，就是皇爺。

綵燈會

每年中秋，學校中、英文科、普通話科和數學科都會合辦「兩文三語賀中秋，千方百計猜燈謎」活動，讓同學湊湊熱鬧，感受節日氣氛。我本來就喜歡綵燈會，總覺得眾多花燈亮着，煞是好看。學校辦的雖屬小型花燈會，但禮堂內掛滿許多燈籠，同學和老師在花燈間穿梭猜謎，好不愉快。

這天午膳時間，高中班猴子邀約我一塊兒去猜燈謎，我相當高興。大伙兒在燈籠下團團轉，猴子問我喜歡哪些形狀的紙燈籠，我選了顏色鮮豔的四邊有風琴狀拉環的那些花燈。

後來鄰班一位與搗蛋才子友好的同學興致勃勃地把猜中燈謎後贏得的燈籠送給我：「『摵時』，你話你鍾意呢款燈籠，我專登猜嚟送畀你㗎！」我驚喜萬分。我們兩班課室相鄰，平日他與我們班的猴子耍樂時，我曾多次跟他聊天。這班的另一位女同學更送我自家製冰皮月餅呢！我嘗到美味，甜在心頭。

這天放學前的班務時間，搗蛋才子來到我面前，拉開燈籠，說：「嗱，『摵時』，呢個係百寶燈籠，你睇吓，一層一層咁，呢層係嗰日早讀時我坐唔定激親你；呢層係嗰日我欠文學功課；呢層係我唔記得溫書背默零分；呢層係今朝早讀……呀，唔係喎，今朝早讀時間我好乖喎！嗱，我仲有幾層可以激嬲你然後氹返你！」

「你個衰仔，你唔送維園嗰個巨型花燈『萬燈喜月』畀游老師？嗰個花燈一瓣一瓣幾廿層，激『摵時』激到四十歲都得呀！」猴子們的科任老師風趣幽默，對我很好，常與我攜手「夾攻」這羣搗蛋鬼！

「你真係無賴，唔激人唔得嘅！」我補充。

「『摵時』『摵時』，唔好激氣，我都有燈籠送畀你！唔好理佢，我嚟保護你。」另一隻調皮的猴子不甘示弱立刻取出花燈。他常說要保護我，把我藏在他巨大的書包裏。他曾說：「『摵時』，我未見過有人好似你咁好人，都唔知好定唔好，你好善良，但太善良，太易信人，你咁唔得㗎，會畀人蝦㗎！」

還記得當時我反駁說：「你哋都有見過我咆哮，我依家係洪水猛獸嚟㗎！」

「你係猛獸？唔係喇，你咁易畀人蝦，都係要我哋保護你至得㗎。」

淘氣鬼，你們「激少陣」已幫了很大的忙啦！

超甜曲奇

英文週的其中一個熱門活動是做曲奇，許多同學都希望能親嘗動手做曲奇的滋味，由於活動名額有限，每年同學們都非常踴躍報名。

今年小猴子送我他惟一的一包曲奇，心意卡上寫了英文，感謝我的教導，尤其在寫作上的指導。我大喜。

想到去年同一活動，幾個孩子在做曲奇前不停問我喜歡吃「勁甜」還是「少甜」曲奇，又問我喜歡什麼形狀，我曉得他們想要分一些曲奇給我，但我又想他們把曲奇帶回家給父母品嘗，便先跟他們道謝，並說晚上要趕到大學上課，未能吃到他們的手造曲奇。他們硬說要給我，最後我答應會吃一塊，希望藉此與學生一起分享，倍添美味。

當天放學後，他們來問我借食物盒。「啲女仔唔肯借食物盒畀我哋呀……」「佢哋話要用曲奇餅換食物盒呀……」「但係我哋自己都想食呀！」三小子在教員室門外嚷嚷。

「唔使緊張，我借畀你哋啦，但我得一個盒，不如畀多兩個密實袋你哋好唔好？」

第二天回校，我發現食物盒在辦公桌上，盒子裏有三塊很大的曲奇，每一塊的直徑約有十厘米，上面鋪滿了很多巧克力碎。盒上貼了一張字條，英文科老師寫道：「你的學生很錫你，他們說你只肯吃一塊曲奇，於是三人都說要做一塊『超大塊』的給你！他們還說你晚上要去上學，怕曲奇放久了會變軟，所以問你借來食物盒。你快點吃啦！:)」

那三塊大餅，都是超甜的醉人曲奇。

今年的曲奇，滿滿的一包，大大小小共有十多塊，最大的一塊跟去年的一樣大塊，一樣未熟透，不過一樣叫我驚喜。我真是個幸運兒，每年都有人顧念，每年都分得好味道！

精英雜牌軍

「『摵時』，公益少年團仲有冇位呀？求你收留我呀，學校除咗留堂班之外，冇地方要我㗎喇！」

聽了這番話，我決意要讓這位同學加入公益少年團義工隊。我細心思考，那些自知成績未夠好，課外活動表現未算出眾，甚至有點賴皮懶惰的同學，是不是真的如他們所想，天大地大無處容身？我絕不希望他們對自己有這樣的看法。

招募同學加入義工隊的時候，我不強求同學的學術表現出類拔萃，也不要求同學有過人技能，我打正旗號表明要找的是有責任感，肯承擔，願意服務的人。基本上，大部分同學都認為自己符合條件。結果，一支二十多人的義工隊正式成立。

老師們打趣說，對義工隊最好的形容詞是「有教無類」和「雜牌軍」，可想而知我這隊來自五湖四海的義工大概是怎樣的同學。的確，義工隊裏也有三數位富有責任感、品行不俗的同學，但有大半同學的學業和紀律表現都很一般，他們最大的優點是善良、受教、有愛心。這支義工隊，樂意以雜牌軍之名自居，甚至有人為此而感與眾不同，沾沾自喜。

「相信你們是善良的人，所以我有信心帶領你們做義工。」我說。

我們多半在放學後到學校附近的一家長者中心服務，對我來說，其中一大挑戰是部分同學會因為被罰而臨時失場。只有少數同學能立定心志為了外出服務而做好功課。有時我會在外出服務後，帶個別義工回學校，繼續完成功課。

「做義工不是欠交功課的理由，如果我們把做義工作為拒絕完成家課的藉口，沒有人會覺得我們是表現傑出的義工隊。我不介意我們是『雜牌軍』，因為我們是一隊『精英雜牌軍』！要是你們不肯完成習作，我也不帶你們去服務了。」

同學的能力和經驗有限，精英雜牌軍暫時未能擔當活動統籌的角色，但要他們「實戰」，即幫忙實踐計劃，這幫義工是勝任有餘的。難得大家不介意一切從簡單開始，做些較為簡便的活動，例如教老友記用電腦和玩運動遊戲機，讓老人家既能活動腦筋，也能強身健體。

對這隊雜牌軍來說，教「打機」一點不難，甚至可說「合晒合尺（粵音：河車）」，只是偶爾做些小手工的時候，便是小小的考驗了。有一次，我們要與老友記穿珠鏈，活動前準備物資和製作樣板的時候，幾個雜牌軍用巨大的手穿珠鏈，委實有點難度，但見他們仍穿得用心，眼珠子都聚焦在手上的塑膠珠子上，聚精會神，目不斜視。

雖然他們多次跟我說：「我知自己讀書唔叻㗎，係會畀一啲人睇唔起，但慢慢就慣啦，有乜所謂。『摵時』，你都唔好咁上心。」孩子，你們的才幹不在鑽研學問，但你們有其他方面的才華和優點——善良、有愛心、樂於助人就是你們最大的本錢。

如果要介紹一次規模較大的服務，那該算是和家長義工一同到長者住屋舉辦聯歡會。當天我們負責遊戲環節。每人負責扮演一種動物、一個動作或一種家庭電器……大家都演得用心，其中以伙頭仔特別投入，我們看他一口氣扮演了二十多種物件和動作，繪影繪聲，逗得大家捧腹大笑，樂不可支。

每次帶這隊精英雜牌軍去服務老友記，我都更認識他們。他們除了「奀皮」、搗蛋以外，還有溫柔、忍耐的一面。每一次服務，對我來說，都是新的期待，下星期，會不會又發現他們的另一面呢？

「『搣時』，公益少年團仲有冇位呀？求你收留我呀，呢度除咗留堂班之外，冇地方要我㗎喇！」這番話，給我深刻的警惕和反思，也是我繼續帶領義工隊的最大原動力。我說你們是我的愛將，一點不假。我要讓我的學生知道，我們不是被收留，而是被選中，因為我們有價值，絕對值得被挑選。

年度校園體壇盛事——陸運會

年度校園體壇盛事——陸運會在萬眾期待中到來，各班為了彰顯聲威，在製作班旗和吉祥物方面絞盡腦汁，層出不窮，務求先聲奪人，捕捉眾人目光。如此盛會，試問哪一班不想有至少一刻成為全場焦點？我們班也不例外，多番討論後，大家決定以沙嗲牛肉麵和武林秘笈《方游記》為我們的吉祥物、而班旗的主題則是「游冬詠」。「游冬詠」的設計意念源自我們兩位班主任的名字、喜好和專長，班旗上的圖畫，也能反映我們這一班同學和班主任的特質。由討論、製作到後期加工，漸漸看到各人在班上都有自己的角色，眾人專注認真地工作的畫面，深深觸動人心。

猶記得第一年正式教書，我擔任中一班主任，和學生一起剪剪貼貼製作班旗，那年班旗的主題是運動健將，旗幟上有幾個運動員和一隊啦啦隊的剪影。當時我的拍檔是電腦專才，從網絡上找來許多圖片給我們參考，又用電腦技術製作吉祥物。我們費盡心思和精神製作班旗，奈何陸運會未結束，旗幟已經不翼而飛了。雖然最後我們奪得中一級全場總冠軍，但我們沒有機會全班一起拿着班旗合照，每念及此，惋惜之情繚繞不去，也許這就是缺憾美吧。猶幸蒼天顧念，一位同學在運動場上為班旗拍了照片，沒想到此照已成絕響。

留住最美一刻，拍照是指定動作。所以由第二年開始，我學會了在陸運會之前，預先為班旗留倩影。今年第三年了，也不例外。去年的另一位班主任是藝術總監，在他的帶領下，我們合力做好兩面班旗，一起排練啦啦隊表演，最後勇奪中二級的班旗比賽亞軍和啦啦隊比賽冠軍呢！

這年運動會，我們班那色彩斑斕的「游冬詠」旗幟在湛藍的天空中飄揚，非常搶眼。

「游冬詠」意指兩位班主任帶領一班同學同進同退，同路同行。海洋裏，好伙伴作首領，身後的肥豬和貌似遇溺的青蛙代表我們班的同學一同排除萬難，力爭上游。海洋中有眾人的手掌，表示大家同心合力，互相支持、彼此承托。「摵時」欣妮在終點捧着沙嗲牛肉麪（我們的目標）為大家落力打氣，鼓勵眾人向目標奮力前進。畫面中，眾人喊叫口號，激勵人心，振奮士氣。我們希望帶出的訊息是：我們這一班，無論遇到任何困難，都會互相鼓勵扶持，相親相愛，堅持不懈、逆流而上。

當天我駐守司令台，看見運動健兒們在跑道旁來來往往，熱身、拉筋，準備隨時上場。幾場比賽過去，我們並未得獎，然而我一點不氣餒，輸了比賽事少，輸了胸襟才事大。

不久，接力賽即將進行了，ＭＶＰ似要為我打強心針：「『搣時』，我哋一定會攞個金牌返嚟氹你開心！」。

你們在場上狂奔，我們在場邊激動。眾人聲嘶力竭的叫喊打氣，前三棒每一棒衝線，我們都緊張得咬牙切齒。ＭＶＰ是最後一棒，他衝過終點的一刻，我們激動得跳起，彼此緊握的手都在抖。賽事完結後，ＭＶＰ笑着走過來說：「『搣時』，贏咗喇，我全程諗住衝去終點見你㗎！」，然後，我得到四面班際男子四乘一百米接力賽金牌。

「『搣時』，我哋成績又唔得，運動又唔得，點算呀？」太過分了，以後不可以再說這樣的話。世界上沒有很多人十項全能樣樣精。勝敗乃兵家常事，最重要是贏得體育精神。繼四乘一百米接力賽勝出後，ＭＶＰ積極參賽，為我們班贏得不少獎牌，最後，ＭＶＰ真的成了ＭＶＰ，憑着佳績與另一位健兒同奪男子乙組全場總冠軍。雖然暫時只有一個獎盃，另一個要再訂造，然而，二人一手揮動班旗，另一手一同高舉獎盃，並沒有讓誰專美，也不感到誰被冷落。識英雄重英雄，你們的運動員風範叫人欣賞。

「『搣時』阿 Sir，你哋開唔開心呀？」「『搣時』，我又要你開心！」猴子們輪流把獎牌掛在我的脖子上給我頒獎，大家一起吃吃地笑。傻孩子，叫我們快樂的不是掛在我們身上的那些獎牌，而是大家奮勇向前的無比拼勁，當然還有你們對班主任的愛錫。口甜舌滑，不論你們真情還是假意，我都覺得「甜到痺」了。

不把大家的獎牌帶回家，並不是嫌棄它們（我又怎會嫌棄呢！），我不過是捨不得把你們的汗水與榮耀據為己有。

運動會期間，猴子拿着數碼相機問我：「係咪我哋成日要你勞氣所以激到你病呀？點解張張相你都面青青嘅？」

「雖然面青青，但要留意我係笑得好開懷！病菌惡毒，交畀醫生處理，你哋奀皮就由我處理，所以唔好時時要我激心喇，得唔得先？」

「面青青襯返陸運會，似跑完長跑呀！」MVP瞪大眼睛笑着和應。

沒錯，阿 Sir 和我天天都跟你們進行耐力賽！運動會過後，回校我們再較量！放馬過來吧！

話劇比賽

這消息實在令人振奮！我們班在英文話劇比賽得了全級第一名啊！

這次比賽，大家真是超額完成了。礙於英文底子較弱的關係，要把台詞背得滚瓜爛熟，對猴子們來說委實是苦差。起初看見猴子們苦苦背稿，逐字逐字吐出，不無艱難。於是我便請他們說說劇本內容，希望能用故事情節協助他們串連記憶，誰料問了好多人，還是無法組織出完整的故事脈絡。許多同學只能勉強說出自己的角色是壞人。要上台參與演出的只是半班同學，但不少猴子連自己扮演什麼角色也不清楚，竟有四分三人說自己擔演壞人。莫非演員台上台下的人物性格真的要貫徹始終，表裏如一？就如猴子們所說：「做壞人好呀，可以做返我自己，係講英文難咗啲啫。」（英文老師，真的辛苦你了！）

全級五班只有我們班演這個故事，其他班都演灰姑娘，難道因為我們班的「壞人」比較多？

但怎麼能這樣說呢？還是因為我們班男生比較多，難以演活灰姑娘這種以女角為主的劇目，外籍老師才作這樣安排？

有些同學對劇本有較清晰的概念，能說出那是一個關於西部牛仔的故事，所以有很多壞人和槍。我跟其中一些猴子背稿，他們說得尤其彆扭，面容扭曲，相當為難。這三數猢猻坦白承認，其實並不明白臺詞是什麼意思，不過是強記讀音，勉力把單詞組合成句。噢，純粹背誦，沒有理解可言，遑論依靠上文下理推展故事情節，難怪會感到背英語台詞是天大苦差。於是，我把他們幾個的臺詞拿來讀一遍，理解內容後，給他們每人一本字典，叫他們把難字都查出來，然後用廣東話給我講故事。

「外籍老師應該有要求你哋返屋企查字典，點解唔查呢？」

「我聽唔明佢講乜呀！」其中一隻猴子抱怨道。

另一隻猴子反唇相譏：「唔好扮嘢啦，其實係我哋懶，哈哈哈。諗住求其背吓咪得囉，點知要上台演，嘩，想嚇死人咩！」

「知道自己懶就好了，唔明內容又要背背背，不過係囫圇吞棗，上台講錯咗被人笑自己都唔知。做人都係唔好懶惰好，一係唔做，做就要做到最專業、最好。」我說。

猴子聽了我這番話，又爭相鬥嘴。「你平時咁識扮嘢，不嬲都係戲王之王，實選你做最佳男主角啦！」

「你咪最佳『茄喱啡』囉！」

忽然一隻猴子擔憂地說：「『搣時』，如果有同學上台唔講嘢咁點算呀？或者勁細聲呢？」

我笑說：「好似電視劇咁，如果有個演員講嘢好似鬼食泥咁，唔知佢講乜，咁你想唔想睇佢做戲？」

「但係大聲我好驚讀錯呀。畀人笑死㗎。」

「唔使驚，扮冇讀錯就得㗎喇，若無其事繼續講，當啲人唔識聽咁，就算讀錯，觀眾好快都唔記得㗎喇。『摵時』上堂都試過食螺絲啦！係咪？」

另一隻猴子和應：「上次阿 Sir 走音𠻹呀！」

最令我高興的，不是因為我們最後得了冠軍，而是我看到大家在台上的演出非常投入，毫不膽怯。演員們聲線洪亮，一舉手一投足，連面部表情都交足戲，更能夠醒目地即時「執生」，對手漏背了一句也曉得繼續補上，不像練習時呆立當場。大部分同學更能一字不漏的背誦台詞，雖未稱得上流利，但比上星期排練時好得多呢！無可否認，的確有人讀錯字了，但大家非常投入，面不改容，彷彿什麼事都沒發生一樣，夠專業！（哈，還是大家投入得連自己讀錯了也懵然不知？）

誰說我們英文弱，就不能做得好呢？來讓我們熱烈慶賀一番吧，來，唱你們的「飲歌」：

「熱烈地彈琴熱烈地唱 歌聲多奔放 個個喜氣洋洋」*！

Yeah！Lemonade！（這是全劇最後一句對白，也是我們背得最熟的台詞！）

*《喜氣洋洋》，作曲：五輪真弓；填詞：鄭國江；主唱：徐小鳳。

散學禮

說時遲那時快，學年轉眼間又到尾聲了。雖然早在陸運會以後我已開始有心理準備，準備始終一天我們注定分離，只是明確知道散學禮的安排時，感歎之情還是無聲無息地來襲。

散學禮有頒獎的環節，包括學術和非學術獎項。當我看見學生們能夠踏上禮堂的頒獎台，實在難掩當中緊張和雀躍。品學兼優的同學領獎，實至名歸，大家熱烈拍掌，為他們感到高興。難得平日淘氣的學生也得獎，更叫台下的人喜出望外。

當我們班幾位同學站在台上領取學科獎和服務獎，我不禁感到興奮無比，滿腔激動澎湃洶湧。我們班有「史王」，也有「體壇健將」，搗蛋才子也得了文學學科獎。這猴子為了穩守才子之位，由學期初到學期末一直格外努力研讀文學。正因他素來以搗蛋聞名，不少人常開他的玩笑，取笑他：「你都攞到第一名？你咁都算係才子？」，這次獲得全年文學科首名的獎項，彷彿叫他一吐烏氣。

看着他腼腆含蓄地笑，我腦海裏閃過一幕：有次與訓導老師談及猴子們的淘氣激心和善良可愛。提到搗蛋才子，訓導老師也肯定他的用功：「搗蛋才子這個不修邊幅的『老粗』，竟對文學如此死心塌地，真的『對牛彈琴』這成語也要改寫。」

另外，班上還有好幾位同學獲得公益少年團的服務獎章。這些猴子一洗平日的嬉皮笑臉，羞澀地接過獎狀和獎章，我用力地鼓掌，為你們，也為自己。

在課室派成績表時，熱愛服務的伙頭仔、搗蛋才子和凶神惡煞的大細路把公益少年團的義工服務獎章扣在胸前，興高采烈地大談自己的「威水史」，數算連同留班的時間，他們在校待了多少年才終於「混」得一個上台領獎的機會，我看着他們，一陣甜美的感覺湧上心頭。

看見猴子們開心，我也覺得愉快。

一路走來的勞累，本來就沒有什麼不值得。

怎捨得不做臧時

我常禁不住想，如果你們不是被分配到我這一班，不是「落」在我手上，你們是不是會學得更好？

為了準備未來的升學面試，高中同學要完成《My Story》，向老師和同學說說這一年的學習和感受，也談談你們的夢想和目標。在讀你們的故事之前，我也翻閱日記，決定為你們寫寫這一年我的故事。

細細撿拾這些日子記下的片段，當中滿載歡樂和感動的時光，同時也有很多教人傷心、沮喪、失落的時刻。

在大家放棄的時候，我難過；

在大家讓別人傷心的時候，我歉疚；

在大家犯錯的時候，我憂傷；

在大家變成壞蛋的時候，我激動；

這種無助的感覺，並不來自外在的壓力，而事實上外在的幫助已非常充裕，老師們對我照顧有加，巨人好伙伴更樂於陪伴，跟我一同「馴獸」。那是一種源自內在，不曉得自己能做什麼的無力感。

太多太多時候，我覺得沮喪又無助……

這些難熬的時刻，我總是反復想到，如果我的學生遇到的不是我，他們的成長和發展一定更好，他們學到的一定更多。如此的想法，不斷縈迴腦海，揮之不去。那麼，我是否不適合當老師呢？我還要不要繼續當老師呢？這一年，這個問題，常常纏繞我。

然而，

在大家進步的時候，我興奮無比；

在大家向目標奮力前衝的時候，我激動不已；

在大家被別人稱讚的時候，我高興雀躍；

在大家哄我的時候，我心裏甜絲絲……

如果不再做「摵時」的話，這一切一切恐怕將在我的生命裏消失。我也只能獨個兒低唱「懷緬過去常陶醉 想到舊事歡笑面常流淚」*了。

能夠做「摵時」，我是開心的。因為我知道自己不單是教書，更是教人，而且自己在教人的同時有所學習。我深信自己正努力做的，絕對是有意義的事。單是為這一點，已經值得我繼續堅持下去。更重要的是，我不只不抗拒與猴子猴孫膩在一塊兒，我更是享受當動物園裏的「游大王」啊！

猶記得曾對妹妹說：「有啲人真係好有才華呀！佢哋真係犀利。唉，諗諗吓其實我都真係冇乜嘢叻。」

妹妹說：「每個人都有自己叻嘅嘢，就好似你咁，你唔聰明，但你有牛一般嘅韌力。」

其實，也許因為我比較笨才要有牛一般的韌力吧？既然我有牛一般的韌力，我應該好好發揮這優點，為學生，也為自己堅持努力，訂立目標，繼續學習！

好！我在《My Story》簡報最後兩頁打了這些字——

我的學習目標：
學習着緊而不太執著；
學習包容而非太寬容；
學習放心，學習放手。
在學習中，與你們一同成長。

我唔捨得唔做「搣時」啊！

*《每當變幻時》，作曲：古政賀男；填詞：盧國沾；主唱：薰妮。

搣時日常

是教師，也是學生。

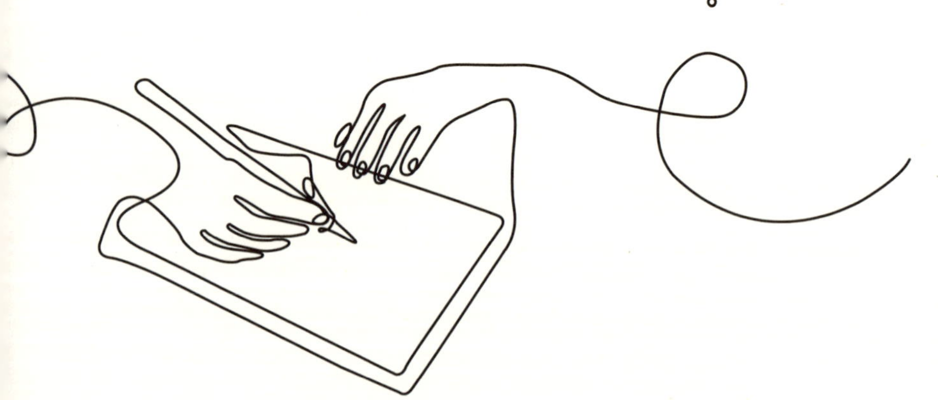

未完四季

〈秋〉

沒有開學日不是特別的，只是這一年格外不同的是我初次單人匹馬當高中班主任。經過一年相處，早知班裏積存着許多圈子與暗湧。今年幾個熟悉的學生留級了，換來幾個陌生的面孔，有些熱情有些冷酷，太多太多的戰戰兢兢無人曉得。野豬大改造計劃暫告一段落，「E班功課班」繼續恆常運作，大部分同學早知我個性，偏偏那剛從隔壁班轉過來我們班的高個子「不知死活」，竟然欠了功課還斗膽撇下書包往球場直衝，流連忘返。半小時過去，課室裏的同學紛紛從樓上向球場喊話，他仍不曉得回頭。終於賽事完場，高個子若無其事回來，我自顧收拾準備離校進修，任由「E班功課班」幾根中流砥柱與高個子對話訓話。

那時我雖是班主任，卻只有幾位同學選修文學，許多和他們建立關係的時刻都在小息、午膳時間、放學後。往後的日子，每次上課前、下課後要提重物，放學要打掃，這小伙子必然是其中踴躍自告奮勇的一位。日積月累的相處，不消幾個月，幾乎已把前世今生的故事全然盡訴。後來高個子成了我們班一切活動的最忠實擁躉，也成了畢業後每次重聚的關鍵人物。

難忘某天跟一些初中同學溫習、重默，最後一位同學背起書包一個箭步跑走的時候已七點多。執拾亂糟糟的課室，拉百葉簾、關窗、排桌椅、掃地……這些清潔功夫，我已好一段時間不用做了，因為平日大部分時間，都是班上的小子們負責打掃的，大家各司其職，對百葉簾有莫名執著的總會把所有窗簾拉好，其他瑣碎細務也不用我費神，我最多不過收拾一下教師桌面，把廢物分類。那天要獨自打掃，不由得格外感嘆，也加倍惦念平日總是賣力打掃的搗蛋鬼。

〈冬〉

某年冬至前後，已畢業的大塊頭忽然問我：「『摵時』，你家做節了嗎？什麼時候有空，我和你做節？」

在有點艱難的日子忽然想起這件往事，實在是冥冥之中的安慰。

因為初搬到不熟悉的地方，很多路口都讓我感陌生，夜裏更是只認得惟一走過的路。坐在駕駛座旁邊，我才明白為何這大塊頭老早問我住哪一條邨哪一座大廈，原來他提早計劃路線以便飯後送我回去。無奈的是直到車子駛過我當時住的屋邨，駛過我住的大廈，我才猛然認得那好像是大半年來我一直生活的地方！終於車子轉向，大塊頭在路口放下我，目送我進入大廈。

那夜讓我切實的感受到從前狂放的小子真的長大了，言談間知道他已經處處曉得計劃、懂得預備、工作幾年領悟了太多處事為人的顧忌和道理，我卻仍在許多時候混沌一片，糊裏糊塗，就像連自己住的地方都不辨方向。

那天臨別前問他的問題到此刻仍深深震撼我：「為何約做冬而不是約慶祝聖誕節？」有此提問絕非我偏愛聖誕而輕視冬至，我重視的是團聚，而節慶日子有時就是最好的相聚理由。他摸摸腦瓜笑說：「屋企人嘛！梗係要做節啦！」如往日一般孩子氣。

〈春〉

中六惜別會總在乍暖還寒的初春午後舉行。

快要離開校園的、不能再放任妄為的大孩子們依次移步台上把準備好的稿子和現場「爆肚」的對白一一道出，台下的老師百感交集，為感動的片段安慰，也為未夠成熟的失儀咬牙。

「其實每次聽到你嗌無禮賢我都好開心」，小伙子話未說完已哽咽，我們的眼淚都流下來了。回想數年寒暑，匆匆光陰裏轉過課室、換過班主任，一切都在吵吵鬧鬧中度過。這班調皮、搗蛋的「嘩鬼」時有磨擦，卻也笑話不絕。首場深刻荒誕鬧劇發生在家長日，同學悄悄告訴我某頑皮小子拿了一張和我的合照回家對母親撒了謊，我趕忙求證，小子嬉皮笑臉承認，給我罵了個「狗血淋頭」。說是狗血淋頭，而小伙子們總是不痛不癢，暗忖這老師「未夠火喉」。

記憶之中每次喚「無禮賢」好像都在他作了搗蛋事之後，準備受罰之際。日常平白無事只會喚他的諢名——「無禮」。所謂受罰，許多時不過是將他的座位移至教師桌旁常設的「飛機位」。不只一年，這商務機位都有常客，多坐幾回已經莫名其妙於上課前自動入座，要是飛機位懸空，倒叫大家不習慣。

年復年流轉的飛機位ＶＩＰ讓我知道，不只他們，於我而言亦一樣，這些被隔離的記憶原是難忘的、笑中有淚的回憶。

******

世道紛擾，人浮於事，很多時候能夠支援我們的，就只有真摯情意。如果將我畢生運氣分成板塊，最大的板塊必在人緣，而這人緣板塊中，重要的、捨不得缺失的其中一塊，必定是學生緣。

（本文原稿曾刊於《情味・香港》，陳志堅、殷培基編，匯智出版，2018年，頁135至140。）

調位

多年以後，對於調位曾經有過的熱烈期盼或是誠惶誠恐已漸漸淡化，但仍然會為此事而多番顧忌戰戰兢兢。調位看似輕鬆簡單，其實學問高深，儼然下一盤與多位高手對峙的「鬥獸棋」。

當我成為教師之後，才明白原來要下這盤棋，一點都不容易。可以率性隨心毫無章法「撞手神」，或是安排幸運大抽獎，隨機抽籤聽天由命，但求填滿座位表。甚至可以把主權交還學生，例如按成績決定選擇位置的先後次序，或者依據學習表現、學能、個性、友好程度……通過一番精密計算和慎重考量，編配我們覺得最適合的座位表。而最適合的準則，大部分時候就是便於管理課堂秩序的意思。反正各種方法都有人提議，採用任何方法都會順得哥情失嫂意。

每次要編排座位，都不禁回想自己還是小學生的時候對「鄰居」的期待和失落。仍然記得小學某一年，我對調位的憧憬幾乎因老師一意孤行強推的「策略」而全然粉碎，當時一句「但欠交我就罰埋你」一錘定音，出自誰人之口、身旁的同學姓甚名誰，我早忘記得一乾二淨，然而此話擲地有聲，彷彿字粒一顆緊接一顆重重落下，猛力敲在我腦袋上的迴響和日後長久深遠的餘震，要到很久很久以後才有機會稍稍平息。那時，老師安排我坐在一位欠交功課經驗豐富的同學旁邊，吩咐我負責檢查他的家課冊，確保每一項功課都清楚記錄無誤，不致因抄寫遺漏或筆走龍蛇難以辨認而成為欠交的理由。（除了「佢欠交我就罰埋你」，還有一句「任何理由都係狡辯」同樣震懾年紀輕輕懵懵懂懂的孩子的心靈。）全無反抗意識的我也就傻傻憨憨地被肩負起這重任，每當發現對方抄寫的紀錄有所缺漏，即勤勤懇懇地替他補上資料，一筆一劃都寫得認真端正，生怕他看不清，更怕老師看了不滿意。那時，我總不由自主的擔心他會因漏寫手冊紀錄而欠交，連累我與他一同受罰。因為害怕懲罰，我簡直不能自控地憂心忡忡，比抄寫、檢查自己的家課冊更仔細百倍。天天為別人操心，日復日地循環檢查，我根本不喜歡這「工作」，鄰座的同學自然討厭我的無謂管束，當然，我也不見得喜歡他的「無賴」態度。

升讀中學，我對調位的期盼重新點燃，然而這點點火苗很快也再次熄滅。班主任原來根本沒有打算調位的意思，他明言：「全年坐同一個位置有什麼問題？不論喜歡還是討厭，都是一種學習。」事實證明，他的話也不盡是錯的。與人搭配，不一定事事稱心如意，要是能夠一拍即合，更幾乎是百年難得一遇的奇蹟了。不過，即便可算是學習的一種，大部分同學還是希望不時轉換座位，稍稍滿足對新鮮感的追求，也在枯燥、平靜、刻板的學習以外牽動些微漣漪。經過多次意見反映，班主任終於答應每個月調位一次，而他的辦法真箇「乾手淨腳」——每月第一個上課天，所有人的座位向右移一行。「你們說要調位嘛！這還不算調位嗎？」雖然位置的確不同了，鄰桌同學變成單月同桌，雙月「隔一條巷」，但我們還是不甘心。於學生而言，與誰同坐是頭等大事，即使小息、午膳能與好友聚首，課堂上圍繞身邊的同學才是每日見面、同處最多的人。有多少人能做到上任何一節課都正襟危坐，眼光只集中在課本、黑板、老師身上，耳朵只聽與課題有關的內容？大家心裏有數。更何況，假以時日，比起課堂上聽過的金石良言，留存在腦海裏的記憶，更多是和周遭伙伴「同流合污」的片段——偷吃零食、傳紙仔、談論老師等等，差不多成了每次重聚的討論話題，無論胡鬧或是幼稚，經過時間的大網過濾，留下來的盡是歡笑聲，間或夾雜點點感慨惋惜，笑中有淚的記憶。

正因仍然記得渴望調位的心思，難忘經歷惡劣經驗的感覺，所以就算如今手握調位「大權」，仍會舉棋不定，東張西望之餘還要瞻前顧後左顧右盼，從未成竹在胸運籌帷幄。記得曾經有人賜教，放學之前是最好的公開新座位表的時間，因為鐘聲一響即可絕塵而去，不必應對各種必然出現的要求和申訴，而且，歸心似箭的同學也無暇磨蹭。實驗過後，其實未必。畢竟班班有本難唸的經。

戲稱調位為「捉鬥獸棋」，絕無視學生為獸之意，反而是因為一次公佈新座位表時自比為洪水猛獸，班上同學立即起鬨，人人自稱猛獸，要比拼較量，好幾位向來詼諧的同學更「自詡」為百獸之王，笑鬧一番之後，本來不甚討人歡喜的新座位表，也就在熱鬧的呼聲中「將就」過去了，我的惴惴不安，也再一次因學生的體恤而順利平安化解了。

（本文原稿曾刊於《虛詞》網站〈教育侏羅紀〉，2021年3月16日，https://p-articles.com/issues/2061.html。）

無情物？

無論是一人一花，或是一班一花計劃，相信大家都不陌生。手握分配得的那株小小的幼苗，他日這嫩芽將繁花似錦抑或頹然枯萎，無人可以預測。那一年我們班栽種的花，很遲才長出幼苗，卻是全校最早開花的，可惜未捱到評審期，簇擁的鮮花已開始凋零。

猶記得最初那兩盆藏有種子的泥土來到我們課室的時候，是那般的平平無奇，和別人的完全沒兩樣。是什麼時候開始，我們覺得自己的盆栽單是泥土都已經給比下去呢？在第一次看到其他班別的花盆裏陸續長出幼苗的時候。同樣是啡黑啡黑的泥巴，別人的泥巴卻能長出鮮明的青澀嫩綠，我們的卻像黑土，養不出半點起色。因為比較，讓我們覺得自己先天不足，甚至因此而羞慚。

我們的花本來就沒有人願意照料了，在這種先天不足的情況下，更不可能有人願意碰她。很多人忽然都說自己天生是植物殺手，即使喜愛欣賞，都沒有好好栽種她們的本領，再美麗強壯的植物到了手上，也活不了多久，對「栽培」二字敬謝不敏，遠遠拒之於千里之外。也是的，誰敢壯着膽子去培養這些有先天缺陷的弱勢的種子呢？誰保證她真的將會盛放，變得漂亮艷麗？沒有人冒險走出第一步，泥土、種子就能繼續理所當然地平平無奇、停滯不前、甚至落後……沒有人注意，最多只會覺得繼續這般發展是應該的，因為一切都可以歸咎於「先天不足」。而一旦有人接手了，嘗試了卻不得要領，忽然就會有很多目光凝定在「早就知道不會有好結果」的結果上，試問誰願意將自己的不如意赤裸坦陳讓人注視？

終於，在連驅蚊草都能種出花朵來的園藝大師的悉心照料和專業栽培下，烏溜溜的泥土裏第一次冒出鮮嫩翠綠的幼苗。

比起其他班的盆栽，我們班的小樹苗成長的節奏委實有點落後，也確實生長得有點太慢了。當別人的盆栽已長得茁壯挺拔，我們的小樹苗才剛冒出不久，看起來更是顯得過於瘦弱矮小，大大落後於別班的樹苗。難以趕上的步伐使大家都沒有足夠信心相信他們終有一天能夠茁壯成長。大家都不禁在暗地裏自嘲，就像比起其他班的同學，我們班的同學似乎總在跑道上落後，大家都沒有信心自己能趕得上眼前幢幢密密麻麻的龐大背影，像要迅速穿越一片陰森的濃霧，顯然是個不可能的艱鉅任務。

當我們班的矮小幼苗成為全校第一棵長出花朵的樹苗，眾人的興奮不言而喻。當我們班的同學踏上台板領取學科第一名的榮譽，當我們班的代表在頒獎嘉賓手中接過全年班際活動總冠軍的格蘭披治盾，轟轟雷動的掌聲貫耳，響徹禮堂，大家的手掌都拍得發紅了，迴響久久不散。

長假期來到之前，我們的盆栽已長出四色小花，從淡粉紅色到艷麗的紫紅色都有，深淺搭配緊密靠攏，卻也各具特色，更像我們這一班。第一朵花兒無聲無息掉落，紅彤彤的花瓣落在深咖啡色的泥土上格外奪目。我請託班中「花王」把花帶回家好好照料護養，不然在這麼長時間的疏忽照顧下她定要枯死，有些栽種是離不開陪伴的。豈料同學胸懷豁達，淡然道：「花會凋謝是自然生態，又哪有需要為她傷心呢？」後來他又喃喃說了幾句話，如禪，如偈，如大智慧。「前程在自己手上，又何必旁人汲汲營營來叨擾？」我當然知道鮮花會有枯萎的一天，也曉得同學早晚會有告別校園的時刻，而我亦並非已經提早為鮮花將要枯竭或學子即將遠行而憂傷，我所盼望的，不過是有合適的人會好好照顧她或他們，讓花和人都可在能夠盛開之時得到最適切的照料，最壯健地成長，以最好、最美的姿態綻放花蕾，展露自己最能引人注目的一面。

我們都明白，除了小花，花精神花時間花心思悉心栽培過的還有許多事物，但不一定都能開花結果。得到收成自然感覺豐足，戀戀不捨，對美景如是，佳期如是。雖然明知道萬事萬物無法久待原是尋常道理，然而還是不願意坦然接受的多，一旦失去，頓覺人生、時間、世事……一切盡皆無情。

最後，朵朵鮮花全數翩然殞落沒入泥土，許多竭盡全力奔跑的學生始終沒有繼續升學，但我們仍然記得燦爛盛開的花團錦簇、那些如雷的澎湃掌聲，那面全班人一起努力贏得的格蘭披治盾，全部都讓我們動情過。

（本文原稿曾刊於《香港文學》第424期，2020年4月號，頁52至53。）

那張成績表

學校向來定期舉辦家長晚會和家長日，以便家長和教師在平日電話交談往來以外有溝通交流的平台。不是每個學生都喜歡家長和科任老師之間有密切聯繫，應該說幾乎沒有學生會為家校緊密合作而高興，因為他們都認為這恰如兩大派掌門聯手夾擊同一目標，被選中的目標自然是……

一般家長晚會學生是不用參與的，家長日則請學生務必與家長同行。每逢家長日前夕，我都會派些小卡片，鼓勵學生取用，寫下想對家人說的話，好讓我在會面當天代為送出。而會見家長和學生的時候，除了帶備這些小卡，我還會準備一碟雜錦糖果和一盒抽取式紙巾。基本上，這些糖果和紙巾每次都用不完的，但總有人需要的，每年都有。

若要相比，家長日的準備功夫定然比家長晚會龐雜紛繁，而且大人細路「聚首一堂」，有些父母同行的學生更覺將要面臨「三師會審」，沒有一刻不惴惴不安如坐針氈。如此陣勢，深刻片段自然不少，但至今教我最難忘的驚險和尷尬，都發生在家長晚會。每每回想，雖然失笑，然而當時的慌亂、着急、失措……卻仍歷歷在目。寒暑數載，種種畫面鮮活如昨。

那個學年的第一次家長晚會，我初次和學生的父母碰面，礙於時間所限，簡單分享了他們平日在校的整體生活面貌後便派發成績表。有些家長會留下來談談孩子的情況，有些還要趕着上夜班或回家帶小孩的，未及攀談已得辭別。一夜平靜，沒有難纏的家長，沒有難解的困窘。

萬萬沒料到的是，隱伏的波瀾竟沉潛至星期一才爆發。早會期間收回成績表的時候，嘉樂仔漫不經心說了一句：「我未攞喎！」

「你爸爸冇畀你睇咩？」

「我老豆都冇嚟！」

「『摵時』，佢屋企人冇可能會去家長晚會囉！」

我大吃一驚，心頭猛顫。因為我確切記得嘉樂的爸爸已在上星期五取走了成績表。當刻，還是強作鎮定，沉住氣說：「我再睇睇先。」

「啊！『摵時』，你整唔見咗嘉樂仔張成績表！」

腦筋一轉，我立時想起了一個人，要是找到這個人，危機定然能化解。他們未必曉得，那句「再睇睇」，其實不是「睇睇」成績表派出了沒有，而是「睇睇」有沒有派錯成績表！

早會甫完結，內心焦急如焚的我趕緊到F班找嘉諾，一心認定這位名字讀音與嘉樂相近，姓氏相同的同學將是我的救星，只要找到他，就能取回成績表，誰知竟然無功而還！天啊！內心不住盤算該如何尋找失落的成績表呢？難道要公開搜尋嗎？那我「弄丟」了成績表的糗事，豈不街知巷聞？雖然這消息很可能一到小息已廣為流傳，甚至將出現不同版本，想像到眾人聒噪不休的場面，我已禁不住頭昏目眩，不能自控地胡思亂想。整日下來茶飯不思坐立不安，不用上課的時候即翻箱倒籠遍尋成績表，不果，厚着臉皮問同級的班主任，也未有佳音。

猶幸這場慌亂沒有拖拉太久，因為家朗出現了！家朗就讀D班，恰巧和嘉樂嘉諾同一姓氏，將嘉樂和嘉諾兩個名字混淆的情況時有發生，畢竟讀音問題向來難倒不少人，倒是從未試過扯上家朗的。放學前的班務時段，只見怒氣沖沖的家朗帶着成績表來訪，怦怦怦用力敲門，咬牙切齒道明來意。我既驚且喜，看着他手中的成績表雙眼發光。聽着他教訓我班的嘉樂仔，字字鏗鏘，我懸浮在半空的小心臟終於着地，無比安穩踏實。

「都怪你！老爸罵了我很久，拿着成績表連珠炮發大發雷霆，我丈二金剛摸不着頭腦，想要取過成績表他又不肯，只得呆站着被罵。罵得我疑惑難道分數會換算，換算後情況會很惡劣？還是因為老師入錯分？」

到父親罵得累了，家朗才有機會取過那被棄在一旁的，惹得父親怒髮衝冠「眼火爆」的成績表。

「那你爸爸發現真相後如何？」我問。

「沒作聲。」此時，嘉樂仔搭話：「你不生氣嗎？他罵了你那麼久，竟沒發現成績表不是你的。」

「虧你還好意思說！我只生你的氣，都怪你，害我無辜被罵。也不想想自己完全不像話，科科都考這種分數，不慚愧嗎？拜託你也認真讀書吧！」家朗看似兇狠的玩笑之中其實也帶真誠的語重心長：「明年就要考 DSE 了啊！」

大家因為這件事取笑了我很久，我也自覺糊塗尷尬。多年以後的今天，偶爾有幸聚首，必有人舊事重提。不過，當日狼狽不堪的事，如今都成了我們充滿趣味的共同回憶，我曉得，直到很久以後，這些畫面依然會活潑如昔，歷久常新。

（本文原稿曾刊於《虛詞》網站〈教育侏羅紀〉，2022 年 1 月 4 日，https://p-articles.com/issues/2682.html。）

中獎

好不容易，終於到了學期末考試後閱卷的日子，我為學生準備了剪報和每人一盒「甘大滋」。

平日準備剪報，自然是引來無限怨懟的功課了，但這次不同，這次我準備的剪報是特別的，對我們來說都是難忘的回憶，因為報紙上印了我們在課堂上一起到球場看盛開得火紅的鳳凰木時拍的大合照。

但凡節日喜慶、特別活動、歲末年終、重逢道別……我都習慣製作打氣禮品包給學生。打氣禮品包裹有不同種類的零食和文具，希望包羅萬有之中總有一款「啱心水」。為什麼今年捨棄打氣包，改用「甘大滋」呢？因為適逢「甘大滋」為慶祝四十五周年推出優惠大贈送，每盒「甘大滋」裏都有一張零食換領券，換句話說就是抽中任何一盒都必定中獎。

很多時學生都會問我類似問題：改卷前、改卷時、改卷後有何感受？心理變化如何？和他們同班的這年又有何感覺？

「『摵時』，無論我們考得好不好，你都是『笑笑口』的，女人的心意真是很難捉摸啊！」

「我可以怎樣呢？不笑的話難道要我哭嗎？就算我捶胸頓足嚎啕大哭了，你們都不會立即變成考得好，分數也不會突然飆升啊！」我如是說，笑着說。

頑皮的學生摸摸後腦，尷尬地乾笑幾聲。就像早上集隊時看到我拿着一大袋「愉快動物餅」時趕緊悄悄轉身掩嘴對身後的同學說：「『摵時』買了很多動物餅，我們這回應該考得不錯啊！」卻聽到我斬釘截鐵的回應：「這些零食都是買給中一同學的。」之後尷尬地笑。

「你說得對！還好你不像一般女人小器。」

「我小器啊！我怎會不小器呢？若一般女人真的如你所言小器，我可以讓你體會到長得不漂亮的女人更小器，所以『精精哋』最好不要再惹我生氣了！」聽罷，學生又笑。比起嘲弄，我們似乎更愛在適度的自嘲中釀造歡聲笑語。

和這班搗蛋的學生同班的這年，到學期末最後一次考試，我的感覺就像終於中獎。等了這麼長久的時日，等了接近一整個學年才終於等到全班一起進步，那不僅是分數的升幅，更重要是願意共同為達成目標而努力，有一致而具體、清晰的方向，我們不是從未試過有如此明確的共同目標，而是大家的步伐錯落離散，重心搖搖欲墜，輕易下定廉價的決心，也容易瞬間摧毀折損。只要稍一觸碰，再強大的立志都可瞬間粉碎。

終於沒有人在三十分必考題裏只取得一、兩分，終於全班閱理卷總分最低分不低於三字頭，終於大家都曉得，有些苦功雖然到最終很可能全然落空，但要達成目標，還是避不過要埋頭苦幹。不曾嘗試便輕易放棄，似乎說不過去。那些曾經長期沉重的眼皮，終於能夠撐住一下子，測試一下自己使盡全力之後可以攀登到什麼位置。認清自己的能力再談放棄，其實不遲。不過每人都有自己的步伐和節奏，也有選擇的權利與自由，不是旁人的想法或主意可隨便干預的，是否願意嘗試，最終也是自己的選擇，誰都不能保證有能力左右別人的抉擇。

而這次，竟然大家都真的願意拼了勁全力衝一次，這種感覺於我就像等待多時，多次抽獎落空後終於中獎的莫大驚喜。我希望大家都能體驗到這種中獎的喜悅與激動，於是選了必中獎「甘大滋」，因為這已經是最好的，最具力量的「打氣」。

派發卷子之前想像那些閃亮的、難得專注的眼睛，我揣摸着如何得體而不叫人失望地公佈成績，畢竟如果大家只看總分，只看到那十分一剛好及格的人的名字，好不容易堅定的決心很有可能隨即連根拔起。於是，我隱去所有總分，隱去其他部分，只留下兩個分數，第一次和這一次的必考部分分數對照，兩個大家可明顯看到自己進步的數字。知道自己可以進步已經足夠重要，一次總分，不過一個數字。看見大家屏息以待，安靜地注視熒幕，我就知道再多的嬉皮笑臉也好，沒有誰真的打從心底不着緊。

幾天之後，學生給我送來兩顆「出奇蛋」，我連連婉拒以避過磨人的咳嗽，更大原因是我曉得這是他們鍾愛的零食。料不到他們立即剝開朱古力蛋吃光朱古力，堅持把藏在裏面的玩具蛋交給我：「你回去打開玩具吧，我們都想你中獎。」

下班路上，我和友人提起這班學生，談論這年跌宕起伏的艱難光景，談論希望得到哪兩個玩具人偶感覺一下中獎的滋味，充滿期待地在顛簸震動的車廂裏打開玩具蛋，兩個玩具竟然是一模一樣的。我不感失望，雖然有喜愛的、想得到的玩具，但其實藏在蛋裏的是不是我們最愛的角色已不重要，何況能夠得到自己最渴想的物事本非尋常。真正觸動我的，是那些難得同時凝視屏幕的，盪漾着豐盈的期待的烏溜溜眼睛，是學生對這點點「中獎」心意的記掛與珍惜，這份用一年光景建立的珍視愛惜，已讓我體會到難得中獎的無窮喜悅。

（本文原稿曾刊於《星島日報》專欄〈創作塗鴉〉，2019年8月14日。）

三點的灣仔

手提袋裏有織針、一卷全新的毛線球、幾個小麪包、一小瓶水、載有名單和成績估算表格的文件夾、數枝筆、筆記本，以及平日恆常帶備的錢包電話紙巾手帕雨傘鑰匙等。我帶着這樣一個滿載瑣碎零星小物的大包袱，在三點鐘的時候到達目的地——灣仔。深宵三點的時候。

排第一、二的兩位裝備齊全：小摺凳、手提電風扇、收音機、手搖扇俱備，坐在板凳上「印印腳」，彷彿穩守第一已久，一派氣定神閒，估計排隊年資和經驗已甚豐厚，見慣大場面。鬱悶的街燈下，《輕談淺唱不夜天》（香港電台節目）主持人柔和的聲線夾雜歌曲音樂隱隱輕滲縈迴耳畔，與周遭不時響起幾下熱烈的喝采或嘘聲顯得格格不入，卻無礙前面大叔和姨姨的雅興，兩個陌生人繼續沉醉輕柔歌聲之中，間或輕輕哼幾句，緩緩撥動手搖扇，頗帶點輕鬆而悠然自得，不當通宵排隊是一回事兒之興味。附近的酒吧大概都在播放世界盃賽事吧？在這歡呼聲、慘叫聲此起彼落的夜裏，彼岸草場上奔走對賽的是哪支勁旅，我都沒有閒情逸致去考究了。

和同伴席地而坐，相對無言。因為早就預料到要坐在路邊，慣穿裙子的我也只得以薄薄長褲上陣，久坐屈曲的雙腿發麻痠軟，難為同伴襯衫西褲一身筆挺，恐怕膝蓋比我的要更僵直。同伴的包袱比我輕便得多，扁扁的書包彷彿空空如也，難怪如此坦蕩蕩的連拉鏈都不用拉上。我掏出糾結難纏的毛線球，開始焦躁不安地編織圍巾已經好一段時間，刻意一針一針地數點，卻仍未感時光不經意流逝的匆匆，只覺夜色愈見昏沉，黯淡的月光並未夠力量點亮一片清澈澄明。時值七月中旬，在炎夏酷暑中打圍巾，熱氣自地底蒸騰，像籠罩我的大朵烏雲，任誰人看到擱在我腿上的毛線球都不由得汗流浹背。事實上我頸背額頭汗水的確不間斷的涔涔而下，卻分不清是熱汗還是冷汗。

凌晨的街道寂靜得幾近清冷，碰到的面孔要麼木然、呆板，要麼恍惚、迷幻。等待的時候我們的話都不多，盡說些不着邊際的話，隱隱間似乎都煞有介事地迴避禁忌的話題。是的，我們都知道，一切早已塵埃落定。剛才巴士在公路上輕盈飛翔的時候，許多沒有上落客的車站濃縮了冗長的車程，顛簸的車窗模糊了世界的風景。下車後由巴士總站起步沿路大約十五分鐘的路程中，遇到的人還不到十個，都是三三兩兩的聚落人堆。急促的步履之間不由得想到，我那畢業班上的每個應屆文憑試考生都能安然入睡嗎？我感到孤單，並不因為看到當前的路人都有同伴，那是因為我的目的地是考評局。

凌晨三點鐘到達灣仔修頓中心門外排隊，已經要排在第三位，不曉得前面兩位工友叔叔姨姨分別幾點到來呢？排首位的叔叔舉機拍照，我左顧右盼，看不出有什麼特色景致可以喚起留影的閒心，薄薄浮雲半掩未圓的月，只有慘澹的燈光疲乏地映照靜默的人龍和重重幽深墨黑的樹影。

「他們教過我，這張照片是用來打卡的。」同伴一提，恍然大悟。是的，工友叔叔的打卡是要用來證明他幾點上班而非作「呃 like」之用的。我忽然想，雖然能到考評局門口來排隊的人不多，但徹夜未能入夢的師生該有不少吧？不知道此時此刻他們都在做些什麼呢？趁機忘形狂歡以消憂解鬱嗎？沉醉在世界盃的興奮中瘋狂投注叫囂嗎？禱告靜修坐禪以求安心寧神嗎？有人像我這般為了壓抑紊亂的神經，鎮靜恍惚的心神而勉強集中精神重複打毛線以圖換取短暫的專注嗎？

然而，一針一針地細數並沒有紓緩我過度緊繃的神經，排隊的人愈來愈多，打盹的人卻甚少。各自肚腸各懷心事，明明知道一切已經塵埃落定，心裏還是暗暗較勁。

「不早一點來不行啊，很快記者就會到學校門口守候拍照，遲了回去要挨罵呢！不是人人都能勝任這崗位啊，要知道要是出了什麼亂子大家可怎麼敢擔當？」排在我們後幾個位置的工友姨姨自顧「吐苦水」，搭理的人都只有一句沒一句地嘻嘻陪笑虛應。是的，每人都有自己的崗位，走了岔路出了亂子，除了自己，誰又能擔當。我再次抽出放在文件夾裏預先備妥的文件，逐個逐個的在心裏背默早已熟記的資料，想起初春綿綿細雨的某天，自個兒在教員室的「街機」登入每個頑固、「甩漏」的學生的個人戶口，為他們列印繳費條碼，再「拉大隊」到便利店繳交留位費的時候，我們執著的早已不再是那一百五十塊或更早前分明知道是掉進鹹水海的四百三十元聯招報名費。如今一再複核那些「有條件取錄」的個案的資料，準備當收到文憑試成績單時要用最快的速度為他們指引路線、安排支援的時候，這一步一步的前行、一點一點的鋪墊又真的能讓我掌握到他們未來要走的道路了嗎？

天微亮的時候，薄弱的日光像小心翼翼地推開緊閉一夜的窗簾，而未圓的月始終未願退席，長長的人龍早已拐彎又拐彎，站在氣味濃烈張狂不饒人的公廁外的人未見慍色，也許我多心，只覺隊列中那些深鎖的眉宇之間心事重重。我們這一羣深宵陸續出動來排隊的人當中，情緒能夠比較抽離的大抵只有工友吧？為人師者多半略有牽掛，難怪來排隊的都是工友多，畢竟資料轉過幾手，應該是沒有那麼炙熱傷人的。然而，任誰來等待考評局開門，消費的都是精神消耗，有應屆考試班的老師來等待的話彷彿又是另一種煎熬，任教應屆考生的過度緊張敏感的班主任來守候更是有說不出的，使人神經衰弱的損耗。

忽然雷動的歡騰自遠處傳來，毫無預兆，過於沉迷思考的我們猛然嚇了一跳，回過神來都料到世界盃結果出爐了。隔不多久臉上畫了異國國旗、塗滿斑斕色塊的外國人陸續走過，紛紛向我們投來疑惑的目光。上早班的時候到了，行色匆匆的途人也不忘一瞥突兀的奇異隊列。

一位婦人駐足問我：「小姐，請問呢度排咩？」

「攞成績表。」聽罷，婦人張口結舌，一臉狐疑似是霎時間說不出話來，回應一聲「哦」之後便急步離去。

是該疑惑的。要是我沒來，也永遠不知道原來等待領取文憑試成績表是這般陣勢，千千萬萬考生的成績單首先就是落在這通宵列隊的人龍手上。

還未等開啟第一道捲閘的鑰匙聲響起，所有發麻的腿已紛紛蹬直，嚴陣整裝準備隨時開步。我靜靜跟從指示，緊貼同伴的步伐，茫茫然不知所向。魚貫轉到室內排隊的片刻，不禁握緊拳頭，心臟怦怦亂跳，彷彿一種奇異的感應，我們都知道這一屆考生的成績單馬上要到手了。

「一陣跟實我，跟貼啲！」同伴一聲令下，我絲毫不敢怠慢。

擠逼的升降機裏人貼人，汗水薰出的酸餿味中人欲嘔。快步搶先的數人似乎都不必看指示已經預知要走哪條通道，在哪兒拐彎便能順利取得按學校英文名稱起首字母或是區域排列分配的成績表。我只曉得緊緊跟隨同伴的步履，在人堆和窄窄的通道中奔竄推擠，渾然不知自己身處何方或將要做什麼。

接應的車子早已在考評局外的大馬路守候，副校長的右手自駕駛座旁的車窗伸出並高舉，像同伴迅速取得那個厚厚的公文袋後立刻將之高舉，穿越重重人羣。這刻我清楚知道自己可以做什麼了，邊急步走邊從手提袋裏抽出文件夾、自製清單和原子筆，我要在這段車程趕緊抄寫班上每位同學的成績。誰可以在收到成績表後立即去報到交留位費、誰要快速排隊登車去報讀基礎文憑課程、誰要有心理準備即場面試……一切安排，我應該要知道。一邊抄寫一邊比對，徹夜未眠的眼睛在密密麻麻的數字上蹓躂，路線益發模糊……

步入禮堂的剎那，看見一雙雙等待的眼睛，我心早已繃緊了一大截，像在手袋裏悶了一晚的隔夜麪包。太多哽在喉頭的話徘徊打轉，大概一切都應該要不言而喻，我們都要明白，接下來的路、每個分岔口，真的真的要自己走了。

「每年你都排這麼前嗎？估得前排位置的都是這幾個人嗎？」

「是。」

「每年都只有自己一個人等，每年都有教應屆考生，你不緊張嗎？」

「有什麼辦法呢？無論怎樣，始終最後還是自己一個人。」剛才沉鬱的天空終於微微透出似是而非的光線的時候，我曾這樣問，也曾聽到這樣的答案。

（本文原稿曾刊於《星島日報》專欄〈創作塗鴉〉，2019年7月17日。）

建立

「做返班主任我諗應該更加適合你呀☺☺」這短信，將我從深層思考，深層憂慮中拉回來，得着莫大的鼓勵。

不只因為類似這樣的結論或推測總是毫無預兆地突然冒出，觸及育人工作的責任和情感邊界，讓人猝不及防，更因為即使已隔數載，這仍是盤踞我心頭的疑惑。由是，當得到正面回應，又或欣賞、鼓勵的時候，安定心神的感覺即緩緩盪開，撫平內心那掀得高高的洶湧的浪。當然，說這句話的恰恰是從前的學生，他親身經歷過由我擔當班主任的年代，一切便更合情合理，也更有說服力。

自從兼任圖書館工作之後，掙扎日日夜夜時時來襲，工作性質和內容的轉變、增加，固然充滿挑戰，然而更教人遲疑的反而在於應該把更多時間放在圖書館、班主任工作還是教學上呢？

猶記得剛接棒之時，各方的無形拉扯似乎要把我撕碎，中六的同學明言為什麼不可以把更多時間放在他們身上呢？他們要面對文憑試——中文科卷別號「死亡之卷」，一日未脫離此夢魘，無論是學業成績還是精神健康、心理狀態都需要加倍照顧；中二班的同學則在筆記簿上默默寫、密密寫：希望你不要常常留在圖書館和中六班，要多點回來我們班，你是我們的班主任啊！我們想多些和你一起呢……而經常「泡」圖書館的同學卻說：我老是難以在圖書館找到你，連想找你推介圖書都無比困難，催促人的當然還少不了夜間進修那無數習作步步進逼的死線。

讀着每一個帶稚氣的誠懇的「埋怨」，甚至「投訴」，自覺彷彿處身任何一個位置，任何一個身分，所做的都有所缺欠，更莫說因早出晚歸而對家庭、對父母的虧欠感覺了……有一段時間被學生稱為「速度派搣時」，正面一點看是做事有效率，但高效率是我追求的惟一的終極目標嗎？我真正在意的、關注的是什麼？現實教曉我，原來要平衡，要置中，並沒想像中容易，更不是只要努力就一定做得到，而且做得好。在追趕時間裏被強行拉扯、擺佈，裏外不是人的感覺深深，深深。

做班主任的時候，可以定期在壁報板上張貼寫給全班同學的信件，這做法並不罕見，相信不少班主任都會以此方法來與同學建立關係，讓趣聞逸事、欣賞提點、困難挑戰一一躍然紙上，期待班級凝聚力會在有共同基礎的閒話家常中漸漸增強。我本偏愛郵件，視之如珍寶、文獻，如果偶爾得到回信，更是意料之外的驚喜，這些驚喜向來寥寥可數，甚至絕無僅有，那麼，為何仍要寫信呢？雖然夾帶「老套」、old school 等評價，以及似是單向的溝通，但那些極偶然出現的文字回應，和每次將信件釘在壁報板上旋即出現的身影使我偏執地迷信，只要尚有人讀，就應該繼續。

那一年的郵遞傳情日，我秘密寫了一封信，寄給自己班，又請大家一起秘密寫一封信，寄給好拍檔。最後，我竟也收到一封秘密的信，一封學生自發寫的，秘密的信。讀着那鋪滿不同筆跡的信件，一字一句盡訴說着在這個秘密的循環裏，原來我們都在學習，秘密地，默默地鼓勵人，默默地為人帶來驚喜，和更貼近心靈的柔軟安慰。當我仍為竟疏忽至錯記跳大繩的日子而耿耿於懷，同學已笑說：「沒問題！穿高跟鞋和裙子也可以，可以甩繩！你和阿 Sir 都來就好了！」他們那笑嘻嘻青澀的臉瞬即閃現，在那青澀的歲月裏。

同學說的沒錯，做得不足夠甚至做得不好也不要緊，只要有心，只要願意，只要……換個角度，那些老是出現的「埋怨」和「投訴」為何不可算是真誠、直白的傾吐。

我恍然如當頭棒喝，漫漫教學路上，總錯覺要培養師生關係，要學生健康成長，自己必須非常努力想盡辦法建立學生，卻忽略了其實更多時候他們同樣建立了我，遙遙長路上我們一同深耕細作，彼此默默施肥、灌溉，力度或有差異，仍填補了許多崩裂的缺口。原來我們都可以是被模仿的，被學習的對象，也可以是被鼓勵的對象。輸出力量的同時，也從心底裏期待在一些地方支取力量，然後在虛耗與消磨裏獲得填補。得到的氣力、挖空過的心思和限量的時間永遠不均等，也不必追求均等，要如何付出、如何分配，還是要學習，但慶幸的是，至少還可以有一直學習，一起學習的機會，即使繼續面對拉扯，在四分五裂的生活碎片裏，終於要明白的，應該做的反而是千方百計將各個板塊拼湊、填滿，還原與人相處時應有的美好。

（本文原稿曾刊於《虛詞》網站〈教育侏羅紀〉，2021年10月19日，https://p-articles.com/issues/2529.html。）

無非想細水長流

七年以來，我不時會想：我的目標是什麼？所有一見鍾情、意亂情迷等似是而非的「策略」，無非為走到細水長流這終極目標。

兼任圖書館工作不知不覺已有七年，感覺仍然相當新鮮，除了因為常常接觸新書，更因為可常在圖書館這基地裏與同學一同設計、參與不同的閱讀活動。經常聽到「閱讀任務」一詞，這使得我思考自己的任務是什麼？推廣閱讀自不待言，然而，除此以外，還有什麼呢？每念及此，總想到從前曾以為圖書館主任或文員可閱覽羣書，後來方發現此實為天大的美麗誤會，不禁耿耿一時。然而，轉念一想，能夠閱覽羣書封面、簡介，速讀內容，再選部分書籍深入詳閱，繼而設計相關活動，這一切任務對於喜愛閱讀的人如我，其實已是難得的美事。畢竟要興趣與工作並存，談何容易？

「好嘢益街坊，唔好擺喺倉！」千方百計「推銷」圖書，無非想為書本和同學牽線，找到有緣人，若能使二者一見鍾情，更是佳妙！誠如辛波斯卡（Szymborska）著名詩作〈一見鍾情〉，之所以能夠一見鍾情，其實在這「一見」之前，已經發生了無數次不知不覺的擦身而過。套用在推廣閱讀這任務上，要讓學生與閱讀擦出火花，我必須主動出擊，刻意製造令他們遇上的機會，而這些機會更是愈多愈好，最好多得讓同學們發現（也可能是錯覺、誤會）原來自己與書有緣，開始醒悟冥冥之中，閱讀無處不在。

能夠吸引同學們前來圖書館，下一步要做的就是留住這個人了。此階段我稱之為讓同學對圖書館產生一種「意亂情迷」的感覺。要扭盡六壬設計多元化的活動，除了發掘他們無法經常接觸或不易接觸的題材開闊眼界之餘，有時又要投其所好，多聆聽他們的聲音，了解各人的喜好之後再動腦筋花心思設計相關主題和活動，既試圖以新鮮感吸引他們，也盡力以親切感留住他們。

大時大節趁機舉辦相關主題活動自然因利成便，整體的環境氣氛也成了可善用的上佳推手，然而，隨時隨地「生安白造」的效果很多時也超乎想像。如今學生相當忙碌，甚至連參與課外活動也出現「搶人」的情況，師生同嘆無奈，常感大家分身乏術的左右為難。那麼，我倒不如改變策略，除了適時舉辦大型閱讀活動之外，隔天（甚至天天）辦些小型活動，不在意人數多寡，不理會是否高成本大製作，只要有人出現，必有活動，例如同一主題的讀書會連辦五天、十天，或是內容相同的閱讀手作坊連辦兩星期，除了招待已報名的同學之餘，也歡迎同學隨時加入，歡迎無限次參加。要是遇上希望「解決」閱讀習作，急需支援以解燃眉之急的同學，即可把握機會使出「望聞問切」的功夫，推介兩至三本心水讀物，一方面將可選書範圍大幅收窄，讓在汪洋裏搖擺不定載浮載沉的同學稍稍定神，另一方面也可保留點點享受有選擇權利的樂趣。

既然要讓人有「意亂情迷」的錯覺，我也得調整思維，時刻緊記要將圖書館塑造成一個無論任何時候走進來，都能找到適合自己的東西的地方。想享受寧靜的獨處時間、想呼朋引伴三五成羣一同說書談文、想參與閱讀手作坊……連想享受悅閱茶座，飲杯茶、食個包都無任歡迎（真想念不用抗疫，沒有限聚令的圖書館啊！）所謂適合的東西，可能是氣氛，可能是環境，可能是交流對象，更可能是回歸最基本：閱讀材料，不論是一本書、一齣戲、一篇文章……甚至要不介意使得他們眼花繚亂，務求使人不自覺培養成閒來無事也來圖書館晃晃，繼而習慣每天都來圖書館走一圈，看看有何新書、新玩意，滿足大家的好奇心。

時日漸長，我發現這個「推銷」圖書的任務有時實在令人大傷腦筋，也需要大量精神和魄力，更不消說會因撞板而氣餒憂鬱了！只是，在這種種以外，同時也嘗到了快樂的滋味，無論愛閱讀或抗拒閱讀的同學，時刻都在「激活」我的腦細胞。

希望往後的日子，仍能讓學生對書本、對圖書館一見鍾情，慢慢愛上流連圖書館，墮進書海裏為書本意亂情迷，最後與書結為良伴，建立穩定、恆久的關係，培養出細水長流的真摯感情，終身不渝。

（本文原稿曾刊於《虛詞》網站〈教育侏羅紀〉，2020年12月22日，https://p-articles.com/issues/1877.html。）

誤中副車的美好

同學問我：「『搣時』，為什麼你沒有用大師兄做的匙扣呢？」

他一提起，我就知道說的是上次圖書館活動時，同學親手做的熱縮片匙扣。那次大家意外發現了大師兄的繪畫天分，簡單幾筆即勾勒出人物神韻，眾人大感驚嘆，讚口不絕。

前陣子仍可上實體課時，有一段時日圖書館天天都相當熱鬧，大家一起來聽不同類型的書籍簡介、合力砌長城紙模型、砌 lego 士兵和戰車，進而排兵陣、圍讀中秋月餅充滿傳奇色彩的民俗故事、各自「飲飽食滯」後圍坐研究五分鐘健康操……天天人山人海至不得不限制入場人數，超出預期的熱烈反應讓我們一再變陣，清冷多時的圖書館終於重現久違的活力氣息。

然而，頻繁勞動總有令人疲累的時刻，尤其在那些活動效果不甚理想的時候。例如當推廣閱讀的活動參加者眾，其門如市人流暢旺，到得活動完結，看起來似乎是可以歡天喜地心滿意足的時候，無奈點算展出書籍的借出數字，映入眼簾的是大剌剌的「0」，醒目的，也刺眼的「0」時……即便沒有狙擊手逼迫「交數」，但也禁不住問自己，設計此活動之最起點，以致籌備活動的道路上，真的沒有偏離「推廣閱讀」此一終極目標嗎？

抽離一點看，這些挫折其實算很微小，而且一點不罕見，有時更在我們因活動略得小成而情緒高漲、心情亢奮的時候躡足而至，悄然來襲，趁人放鬆之時如一盆冰冷的水「兜頭淋」，通體透涼的瞬間……後果可想而知。猶幸，在打擊漸成尋常的日子，我們漸發現原來總有無數機會「誤中副車」，在預期效果以外遇上許多未被發現的珍寶，可能是同學的天分、才能，或者更多時候只是可以展開討論的話題。而我們告訴自己的是：誰知道這些是否滄海遺珠，或者是下一次活動的上佳素材呢？

「其實我都好想用，但係驚刮花啊！」

學生有時戲謔我「IT殺手」，早前他們跟我說：「『摵時』，知你少睇電視，但係《IT狗》（ViuTV電視節目）真係好啱你睇啊！」最後，「IT殺手」真的「聽」完整部《IT狗》，更在聽到好些對白時按停，選段重播再聽。甚至會暫時關掉爐火或放下菜刀，記下該段情節的播放時間，以便稍後專注重溫。那些叫停過我的對白或情節都曾觸動我，讓人聯想到真實的生活經驗，叫我反思。其中「為何千方百計要搞死別人？」那一段尤為深刻，我無法不一再回想那些愛鑽牛角尖、輕佻浮躁的同學。

「佢做咁多嘢咪會顯得我懶囉！」、「扮到咁勤力，博咩呀？」其實人們都應該要知道，很多人都在自己的崗位上默默耕耘，比我們想像到的還要更努力。「佢哋嘅勤力唔係扮，博嘅就係想做到自己想做嘅嘢，達成自己嘅目標。」尖刻一點說：「如果你真係懶，就算人哋唔做嘢，唔使刻意凸顯，一樣係人都知你懶。」我明白，看見別人努力不一定人人都樂意讚美，只是也絕無刻意貶抑的必要，踐踏他人，或者「高明」一點地假裝「理性批判中肯評論」，未必就能抬高自己。當然可以說有權選擇很有自信，永遠覺得自己做得最好，也可以選擇一直抬不起頭，自覺毫無成就，無論如何選擇，結果好壞，也不過是自己的事。只是，當要透過惡意批評或踐踏別人方可凸顯自己的才能，這樣的「成就」也未免太卑微。

世界很大，可供學習的事物數之不盡。如聽到 block chain 時我趕緊重播，看到字幕上「區塊鏈」幾個字時「久別重逢」的感覺，使我重新想起為圖書館採購、編目的某些時候，那種一再與文字竟日親近，卻無比疏離的陌生感；又如手執《雲端大數據》隨意翻揭，於我而言每一頁都那麼像「亂碼」，既是打擊卻也是衝擊。視野一再開闊之後，我仍然能夠樣樣事物都沒有學得很好，但至少知道，這一切大大滿足了我們對世界可以有的無窮好奇心。若然不論平凡小角色或者別具分量的大人物都可以盡力發揮自己，一起在自己能力範圍內盡全力做到最好，展現百花齊放的可貴，那不是更好嗎？

有說行外人誇獎你算不了什麼，惟有行內人欣賞你才是真正「識貨」。其實只要有人欣賞，已經是一件很好，很美妙的事了。那一句「師兄真係畫得好靚啊！」，除了在圖書館、在我心不住迴響，相信若大師兄聽到，也必深深刻烙在他的心頭。

從此我將曉得，當「跑唔到數」的挫折漸成尋常之時，能夠在看見同學玩得投入、愉快以外，更願意由衷欣賞別人，這種誤中副車的美好，已是值得繼續頻繁「勞動」，努力密密「追數」的重大原因。

（本文原稿曾刊於《虛詞》網站〈教育侏羅紀〉，2022年3月8日，https://p-articles.com/issues/2815.html。）

光

講座完結之後，她又回到那轉折的路上，向着工作的學校進發。因為明天有外賓來訪，總不能把東西歇着，假手他人跟進。於是，她只得轉三程車，花個多小時來往兩地。不對，她計錯了。來回車程連同等車、走路的時間，加起來其實要三個小時，即是這天的八分之一時間。要不是偶爾墜入這種往來交通的網羅，她決不可能體會到原來香港這彈丸之地雖然四通八達，但是從某些地方到某些地方，車程還是有點綿長，有點曲折，而且充滿等待和不似預期，活像追求任何東西的道路。難怪有時會聽到這麼一句：「呢程車夠我飛一轉台灣喇！」

縱然迂迴，但她並不認為這八分一時間是浪費的，因為之所以願意付出這些交通時間，是相信自己在做的是有意義的事。至於有多少人有相同的看法呢？她不知道，從來都不知道。然而，這又有何相干呢？反正有沒有人知曉，有沒有人明白都好，事情還是這樣做。這個世界上，許多人、許多事，本來就對很多人，甚至對大部分人都沒有影響，但是，這絕不等於沒有存在的價值和意義。

車子一直顛簸，終於有人下車。終於等到一個座位的她迫不及待掏出笨重的手提袋裏的精緻禮物袋，心裏暗自籌算着大概還有十分鐘就要轉車了，到底要不要打開禮物袋呢？剛才一手緊握扶手，另一手已按捺不住伸進手提袋，摩挲囊中物時又禁不住撕開封住袋口的膠紙，豈料此刻卻又略覺猶豫，猶豫間只好又把禮物袋放進手提袋裏了。禮物袋旁邊冰涼的冷泡茶紙盒上冒出豆大的水珠，一如她背上、額上淋漓的汗。安排講座的老師體貼細心，說了那麼久，她的確有點口乾，這清涼的茶來得正好，如果不是考慮防疫緣故，避免惹人側目，適才在猛烈的日光下等車的時候，她必定骨嘟骨嘟把茶喝完。最後，還是選擇安分地多坐數分鐘，指頭一再隔着禮物袋掂量卡片的厚度和數量。

終究未有打開禮物袋，即使心裏惦記着那一大疊學生參與講座後即場寫的小卡片。她曉得，若是錯過了轉車站，自己必茫茫然不知所向。直到登上另一輛巴士，隨滿車或低頭或昏睡的乘客在公路上飛馳。

「你的耳環很漂亮，在哪兒買的呢？」

「我常常覺得沒有靈感，現在我終於明白為啥我會沒靈感了。3Q！」

「裙子很好看！如果你夠高，一定穿得更好看！^V_V^」

「你的方法好像很有用，我會試試看的。」

「關於閱讀報告那一段幾有趣，哇哈哈哈哈哈！」

「follow 我 ig：***，please！」

不論是端正的字體、稚嫩的筆跡，或是精美的插圖、趣怪的對白……明明之前素未謀面，這次相遇也不過匆匆一見，她仍感覺有點親切，有點似曾相識，有點像課室裏經常出現的熟悉……

「很多人問我為什麼喜歡畫畫，我都不知道要怎樣回答。直到剛才你說起為什麼喜歡寫作，看着在講台上說話的你，我簡直覺得你在閃閃發光！我突然覺得：喜歡就喜歡啊！管他為什麼！」

是的，很多人問過她為什麼寫作，也有很多人問過她為什麼喜歡寫作，甚至有人叫她不要寫作。只是，思索良久，始終覺得每個人留住生活的方式都不一樣，有人精於攝影，有人擅長繪畫，而她，不過碰巧曉得幾個字，更重要是鍾情文字，偏愛寫作。如果不影響他人，不妨礙生活，何必理清情有獨鍾的原因和底蘊？不是第一次聽到別人說看到她眼裏有光，只是她從不覺得自己閃閃發光。她深深相信，是他們的話，他們的眼睛讓自己閃閃發光。小卡片上的這一句話，足夠讓她記住很久，亦足夠成為日後的寫作道路上的點點亮光。

這一刻，因為這句話，她不自禁再次衷心盼望，無論有沒有人看見都好，希望將來有更多人可以為着自己喜歡的物事，默默地、持續地閃閃發光。

而這個充滿期盼，滿懷希冀的她，就是我。

（本文原稿曾刊於《虛詞》網站〈教育侏羅紀〉，2021 年 6 月 22 日，https://p-articles.com/critics/2278.html。）

後記

幾乎每一年，都會有學生問：「『摵時』，你什麼時候會再出書呢？」有的同學會說，期待我再次出版關於校園生活的故事，我總以為他們盼望成為書裏其中一個被寫的對象，但很多時其實並不。他們偏愛推薦我寫班上那些調皮的、愛搗蛋的同學，更打趣說可以將他們的「威水史」名留千古。有的同學則喜歡讀校園以外的故事，各有喜好、各有理由、各有原因。

曾經有一次跟同學們討論寫作題材和內容的時候，他們的說法令我印象很深刻。「常常說寫作可以連繫自己的生活經驗，運用親身經歷，但其實很多經驗我們都是未有機會體會到的，很多人的故事也是我們未有機會接觸和知道的。」所言甚是，莫說與我們生活圈子距離較遠的人，光是圍繞身邊熟悉的人的想法和感受，我們也不容易理解。於是我想到，除了校園故事，能否寫一些校園以外的人物的生活故事呢？他們未必是身分很特殊的人，反而是常在我們身邊，但大家未必細心觀察或留意的人。人生在世，角色相似，甚至經歷雷同，不足為奇。然而，每個人的感受卻都是獨特的。如果同學讀的時候感到共鳴，我當然開心；若能引起大家的反思，更是值得高興的事。若改為寫這些人物的故事，是否代表完全脫離校園故事了呢？這一點曾經令我疑惑。後來又想到，其實筆下的部分人物也是學生，或是學生身分的延伸。他們可能是畢業生，可能是剛離開校園，投入職場的新鮮人，甚至是在求學階段兼職工作的人或是一邊工作一邊進修的人。我們的身分很多時都是重疊的，更重要的是，即使脫離校園，每個階段、每個時期，我們仍是停不了地默默學習，只不過學習的未必是書本上的知識罷了。

多年前好朋友曾問我：「工作難以兼顧寫作，但你沒理由停止出版啊！為何不將從前的文章『翻炒』，加兩篇新的不就可以成為新書了嗎？或者換個新封面、製成精裝版、硬皮本也可以啊！我見過有些人也是這樣呢！」

我反問：「要是這樣的話，真的會有人購買嗎？如果我是鼎鼎大名的金庸、衞斯理，這絕對可行，只是我何德何能啊！」

「那是因為你沒有商業頭腦，缺乏市場觸覺。」是的，我是個懶惰的作者，一直以來都是自顧自的慢慢寫、默默寫，任何關於銷售、推廣的事宜，都沒怎麼給予意見。

每次我都當他的話是戲言，一笑置之，從沒認真思考他的建議。直至前陣子突破編輯傳來新書提案，一看，感覺像極了好朋友所提議的「新曲加精選」。屈指一算，原來距離出版第一本作品至今，已經十二年了。縱使我仍自覺新鮮，仍不得不承認，在某程度上我已被歸類為有經驗的，甚至資深的作者了。因為初期寫的書已經不會再版，而偶然亦真的會有讀者問如何才能購得最早期的作品，加上出版社編輯的專業意見，我才膽敢落實「新曲加精選」的提案。

每本書出版之前，在校對的時候我會來來回回讀最少五遍以上，但真正印成書之後，便很少認真把全書讀完。誠如編輯所言，這本結集彷彿見證一個老師的成長。我終於認真重新細看自己曾經寫過的文章。重看當日寫的文字，難免覺得仍有清澀幼嫩的地方，而那種初出茅廬的戰戰兢兢，卻仍然歷歷在目，那份投入校園的熱切情懷，仍鮮活如昨。這些年，崗位轉換了，承擔過的任務不同了，兼顧的事務有增無減。但那份與學生和校園的緊密聯繫，至今不變。我仍如從前一樣，覺得假如要我專注處理行政工作，捨棄與學生相處的時間，相信我很快便會離職，告別這個行業了。畢竟跟學生的相處、溝通和交流，依然是我最重視、最在意的珍貴時光。

感謝編輯們提出這個新書提案，記得她們表示在整理新的稿件的時候，曾疑惑〈三點的灣仔〉一文中寫的，到底是否我代入他人的經歷，然後書寫成文的呢？如果是，恐怕不適宜收錄了。會令她們疑惑，是因為覺得老師大抵不需要親身前往考試局取成績表，可以交由工友代勞。其實，那是千真萬確的，我最真實不過的親身經歷。雖然是惟一一次，卻已足夠教我畢生難忘。

感謝學生，在我已經漸漸變成「老師奶」的時候，仍然與我談得投契，樂意真誠分擔，誠懇分享。能夠與年青人相聚，了解他們的世界，不時使人回想自己年輕的時光，感覺是那麼的青春不老；感謝讀者，願意花時間讀我的文字。文字無價，時間也無價，尤其在這個瞬息萬變，資訊科技發達的世代，願意閱讀的人愈來愈少，能夠有讀者支持是我的榮幸；感謝家人，永遠是我生命裏最重要的人。沒有家人，我也不可能投身職場。尤其是當我成為人母之後，爸爸媽媽要幫忙照顧孫女，我曉得，照顧者的疲勞和辛酸不足為外人道。

如果說這本書是讓讀者細看一位老師的成長，作為當事人，我定然是那位受惠最深的讀者。回看十數載光陰，竟然如此匆匆，猶幸卻也如此豐盛。深盼在日後的成長道路上，在大家的陪伴之下，我依舊有力氣堅持在各方面繼續學習、繼續反省、繼續進步。

得獎作品

《我最「摵時」的故事》

獲 2017 香港出版雙年獎
「兒童及青少年類」出版獎

《一頁人生》

獲第二十九屆中學生
好書龍虎榜「十本好書」

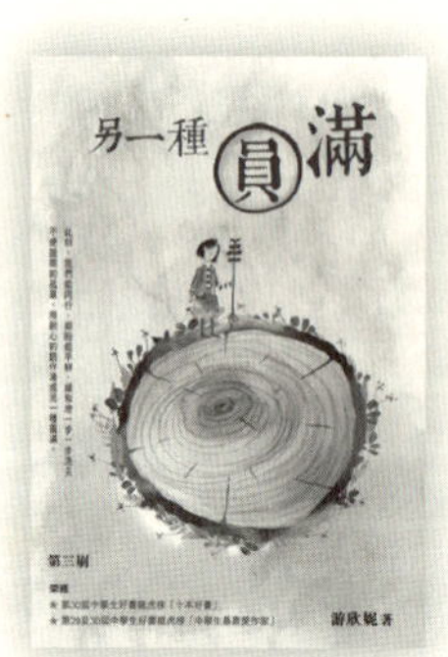

《另一種圓滿》

獲第三十屆中學生
好書龍虎榜「十本好書」

《看見看不見》

獲第十六屆香港中文文學雙年獎
「兒童少年文學組」雙年獎